그림자놀이

그림자놀이

지은이 _ 이경희

초판 발행 _ 2014년 2월 15일

펴낸곳 _ 수필미학사
펴낸이 _ 신중현

등록번호 _ 제25100-2013-000025호
등록일자 _ 2013. 9. 2.

대구광역시 달서구 문화회관11안길 22-1(장동) 출판산업단지 9B 7L
전화 _ (053) 554-3431, 3432   팩시밀리 _ (053) 554-3433
홈페이지 _ http://www.학이사.kr
이메일 _ hes3431@naver.com

ISBN _ 979-11-85616-04-9 03810

※ 수필미학사는 도서출판 학이사의 수필 전문 자매회사입니다.

그림자놀이

이경희 수필집

수필미학사

 조선 시대 선비들이 쓴 서발문序跋文을 공부할 기회가 있었다. 그 짧은 글 속에도 글쓴이의 성격과 공부의 깊이, 저자와의 관계, 당대의 숨은 역사 등 많은 비밀이 숨어 있었다. 연암이나 다산, 김택영 같은 당대의 석학들이 지인의 문집에 쓴 글은 또 다른 역사였으며, 훌륭한 텍스트였다. 한 편의 글이 가진 정신과 향기는 시대를 넘어 내게로 전해 왔다.

 나를 둘러싼 세계에 관한 생각을 언어로 표현하는 행위는 인간의 본능적 욕망이다. 다만, 드러내는 방식과 언어가 개인마다 다를 뿐이다. 이 책에 실린 글을 쓰는 내내 나를 지배한 것은 언어였다. 독자가 쉽게 이해하고 공감하는 글, 그러면서도 묵직한 사유를 품은 그런 글을 쓰고자 했지만, 뜻대로 잘되지 않았다.

 수필에 관한 본격적인 공부를 시작하면서 수필계가 넘어야 할 산이 많다는 것을 알게 되었다. 창작이론의 정립과 수필비평의 과제는 시대적 요구이자 사명이다. 이 여정에 동참하면서 앞으로 즐겁게 수필을 쓰고 뜨겁게 끌어안고자 한다. 무엇보다 수필이 지닌 민중성이 매력적이다. 가난하지만, 인간으로서 품위를 잃지 않고 살아가고자 하는 사람들과 교감하고 연대하는 데 수필이 튼튼한 다리가 되어 주리라 믿는다.

벌써 세 번째 펴내는 책이다. 일 년에 한 권씩 책을 펴냈으니 글 쓰기를 게을리하지는 않았다는 위안을 해 본다. 지천명을 바라보는 늦은 나이에 박사과정에 들어가 다시 문학 공부를 시작했다. 이 책에 실린 글은 학교 공부를 하면서 따로 시간을 내어 주말마다 쓴 글이다. 그래서 웅숭깊거나 매끈하지 못하다. 한편으로는 서정성만 고집하는 좁은 틀을 뛰어넘어 수필의 영토를 확장하는 글을 쓰고 싶었다. 글은 나를 비추는 거울이거늘, 급하고 얕은 속내를 그대로 드러내자니 부끄럽다.

딸의 늦은 공부와 글에 대하여 속으로 많은 지지를 보내주는 어머니께 고마움을 전한다.

2014년 2월
이 경 희

■ 차례

2부 시월의 마지막 밤에

3부 심안心眼과 혜안慧眼

4부 피에타와 신라 토우

5부 남자의 변신은 무죄

1 부

접시를 깨자

새 수레

.

새벽이다. 창문이 아직 어둑한 걸 보니 날이 밝으려면 아직
멀었나 보다. 다시 잠을 청해보지만, 온갖 생각이 부유한다.
정신의 긴장감이 점점 높아지면서 기상 시간보다 두어 시간
앞서 잠이 깬 것이다. 속도 쓰리다. 심하면 위산역류로 진행
하여 기침과 쉰 목소리의 증상이 더해진다. 스트레스가 가중
될수록 짜증도 늘어난다. 한 달쯤 지나면 서서히 증상이 사
라진다. 개강증후군이다. 예민한 신경은 세월이 흘러도 무디
어지기는커녕 더 곤추선다. 매학기 개학 무렵이면 어김없이
나타나는 직업병이다.

개강을 하면 낯설고 새로운 사람들과 마주 서게 된다. 십여
년 넘게 반복되는 일이다. 그러나 첫 만남은 늘 긴장을 동반
한다. 새로운 대상에 대한 낯가림도 여전하다. 다수의 대중

을 상대로 강의하는 나는 혼자서 그 많은 눈빛을 감당해야 한다. 호의적인 눈빛도 있지만, 거부의 눈빛도 느껴진다. 강의실에는 호기심과 설렘, 불안감이 혼재한다. 수강생들도 마찬가지이리라. 나와 그들 사이에 팽팽한 기 싸움이 시작된다. 혼자 무대에 선 나는 관객 앞에서 모노드라마를 진행하는 배우가 되어야 한다.

나는 첫 시간에 강의를 들으러 온 사람들이 구체적으로 무엇을 원하는지 귀담아 듣는다. 그들의 정서도 탐색한다. 그러면서 조금씩 마음을 열고 서로에게 맞추면서 소통의 길을 모색한다. 물론 이 과정에서 신뢰를 가지고 교감하려는 노력이 동반되어야 한다. 수료식을 할 즈음에는 서로 표정만 봐도 마음을 읽을 수 있을 정도로 잘 통하는 관계가 된다. 강의실에서 만난 인연으로 좋은 친구로 지내는 사람도 많다. 반복되는 만남과 이별은 감정조절기능에 굳은살을 심어 주었다. 하지만 낯선 타자와의 마주침은 늘 두렵고 불편하다. 새로운 것 앞에 서면 끊임없이 예전으로 돌아가려는 관성과 싸워야 하는 이유다.

동일한 주제의 강의지만 공간이나 대상에 따라 분위기도 다르고 반응도 제각각이다. 수강생의 눈높이를 맞추면서 그들의 욕망을 충족시켜야 한다. 그래서 나는 매번 변신한다. 생각해 보면 이런 낯선 사람과의 만남 속에서 나는 계속 진화할 수 있었다. 익숙한 관계는 편안함을 동반한다. 역설적이지만 그 편안함에 안주하는 순간 나는 침몰한다. 그들은 나를 끊임없이 새로운 영토를 개척하도록 몰아세운다. 그리고 그들의 존재는 '나는 누구인가?'를 자각하게 하며, 낡은 규범과 관성에 매몰되어 있던 나를 성찰하게 한다. 수많은 타자와의 우연한 마주침이 내 앞의 삶을 긍정하고 더 높은 세계로 진입하는 계기를 마련해 준 셈이다. 이런 점에서 나는 행운아다.

20대 초반의 대학생이 가장 어렵고 힘든 상대다. 나와 그들 사이에는 광활한 사막이 가로놓여 있다. 철학자 들뢰즈는 "당신들은 신체 혹은 영혼이 이러저러한 마주침, 배치, 결합 속에서 무엇을 할 수 있을지 미리 알지 못한다."라고 말했다. 그렇다. 난 도대체 그들이 무엇을 원하는지, 어떻게 소통해야 할지 도무지 모르겠다. 이럴 때 내가 꺼내는 카드는 차이에 대한 긍정이다. 나와 그들이 다르다는 것을 인정했을 때 비로소 그들에게 다가갈 수 있었다. 그들과 나를 가로지르는 차이 속에서 긴장감을 느끼고, 그런 긴장감이 나를 더 높은 곳으로 밀어 올린다. 익숙함은 필연적으로 정체성을 내포하기에, 운동성이 사라진 익숙한 일상은 얼마나 무료한가 말이다. 새로운 타자가 내 안에 들어와 손을 잡을 때 나는 또 다른 세계로 도약할 수 있었다.

낯선 타자와 나 사이에 자리하는 차이의 공간을 메워 가는 과정이 소통이고 공감이다. 지난 세월은 낯섦과 차이를 가로지르는 지혜와 즐거움을 깨닫게 해주었다. 장자莊子는 "마음으로 하여금 타자를 수레로 삼아 그것과 노닐 수 있도록" 하라고 역설했다. 그러기 위해서는 마음의 문을 활짝 열어젖혀야 가능하다. 타자의 수레에 내 마음을 싣는 일이 어디 쉬운가. 내 안에 똬리를 틀고 앉은 아집과 나를 내려놓아야 하거늘, 고도의 수행과 지성이 작동해야 가능한 일이다. 그러나 내 앞에 다가오는 수레를 수용하지 못하면 낙오자가 될 수도 있다. 내 수레의 바퀴를 잠시 멈추고 심호흡을 한다. 그리고 나는 기꺼이 새로운 수레에 올라탈 것이다. 그 수레에는 더 넓은 세계와 감동이 기다리고 있기에.

〈2012. 9.〉

접시를 깨자

점심을 먹고 산책을 나갔다. 한낮의 햇살은 따사롭지만, 아직도 강변에는 하얀 눈이 소복하다. 내 기억으로 이 고장에 이토록 오래 설경이 펼쳐지는 겨울은 올해가 처음이지 싶다. 얼굴을 스치는 바람이 차갑다. 영하의 추위 속을 걷다 보면 역설적이게도 속은 뜨거워진다. 체온을 유지하기 위한 인체의 발열작용이 더 왕성하기 때문이리라. 몸이 긴장하는 만큼 정신도 얼음처럼 투명해진다. 동지가 지났으니 차가운 땅속 어딘가에서 양의 기운이 꿈틀대고 있으리라.

"진흙이 그릇이 되고, 그릇은 다시 진흙으로 돌아가야 한다. 그릇이 그릇이기를 계속 고집한다면 즉 자기를 고집한다면 생성체계는 무너진다." 새해 새 수첩 첫 장에 옮겨 쓴 글귀다. 신영복 선생의 《강의》를 읽다가 발견한 글귀인데, 올해

내 삶의 지표로 삼기로 했다. 물론 새해의 각오는 용두사미가 될 가능성이 농후하다. 그러나 이런 의례는 나 자신에게 하는 다짐이자 약속이다. 적잖은 나이의 무게를 통감하면서 내 앞에 주어진 시간을 보다 의미 있게 엮어가기 위한 나만의 방편이기도 하다. 그래서 매년 새 수첩을 받으면 한해살이의 지향점을 정해 빳빳한 첫 장에다 써넣는다.

이 말의 의미를 곰곰 생각해 본다. 본디 그릇이 탄생한 근원은 진흙이다. 흙은 도공의 손길을 거쳐, 뜨거운 불가마에서 사흘 밤낮을 견딘 후에야 비로소 유형의 그릇으로 탄생하였을 것이다. 그릇이 쓰임새를 다하면 최종적으로 돌아갈 곳도 본향인 흙이다. 이런 순환 체계가 우리 삶의 원리라는 걸 최근에야 어렴풋이 깨닫게 되었다. 그릇이 그릇이기를 포기해야 또 다른 존재로 탄생할 수 있다는 말일 터이다. 즉 불가에서 말하듯이 나를 버려야 참 나를 얻을 수 있다는 말과 상통하는 의미 같다.

이 말은 삶에 적응해 보면, 참으로 다양하게 해석될 수 있다. 소박한 삶의 현장에서 의미를 찾았을 때 이 말의 가치는 비로소 빛을 발하게 된다. 소음인 체질을 타고난 나는 일이든 인간관계든 정확하고 깔끔한 것을 지향한다. 그러다 보니 매사에 경계가 너무 분명하여 세상살이가 힘들었다. 이제 좀 느긋하고 여유롭게 살고 싶다. 흔히 말하듯 순리에 나를 내맡기고 물 흐르듯이 살아가는 것이 훨씬 수월하다는 것을 뒤늦게 깨달았다. 삶이 어디 내 의지대로 살게 되던가 말이다.

위가 약한 나는 과식하면 꼭 탈이 난다. 조금 부족하다 싶을 때 숟가락을 놓아야 하는데, 욕심을 부려 좀 많이 먹었다 싶으면 다 게워내어야 한다. 과유불급過猶不及의 교훈을 자주 체험한다. 그래서 올해는 일 욕심도 줄이고, 사람 욕심도 줄이기로 다짐한다. 그리고 내가 타고난 그릇의 크기를 냉철하게 인식하고 넘치는 욕심을 부리지 말아야 하리라. 사람이란 모름지기 자신의 그릇보다 조금 모자라는 자리에 있을 때 여백이 생긴다고 한다. 그 여백의 공간이 있어야 사색도 가능하고 창조도 가능하다.

또 한 가지는 스스로의 생각에 갇혀 고집을 부리지 않아야 겠다. 나이가 들수록 자기 생각을 양보하기가 어렵다. 젊은 사람에게 밀리지 않겠다는 자존심과 자기 경험만이 최선이라는 믿음이 더해질수록 사고는 점점 경직되기 마련이다. 자기의 세계관에 대하여 확신에 찬 신념으로 말하는 사람을 보면 무섭다 못해 두려움마저 느낀다. 특히 비좁은 생각의 그릇에 갇힌 사람일수록 자기만 옳다고 주장한다. 어떻게 한 인간의 생각이 절대 진리가 될 수 있는가 말이다. 생각을 담는 그릇도 자주 비우고 새롭게 채워야 하리라.

해도 바뀌고 대통령도 바뀌었다. 지금 내 삶의 자리가 다소 남루하더라도 절망할 필요는 없을 것 같다. 내 안에서 욕망의 배치를 바꾸면 얼마든지 새 그릇을 만들 수 있으니까. 도공이 가마에서 갓 꺼낸 그릇을 망치로 깨는 것은 더 나은 그릇을 만들기 위한 창조적 행위다. 남의 집이건 내 집이건 설거지를 하다가 나는 자주 그릇을 깬다. 그릇을 다루는 손길이 섬세하거나 침착하지 못하기 때문이리라. 그럴 때마다 나는 미안해하기는커녕 당당하게 외친다. "접시를 깨야 새 그릇을 사지요." 어차피 깨진 접시라면 그 상황을 바꾸면 되지 않는가. 살다 보면 예상치 못한 복병을 만난다. 그럴 때마다 나는 스스로에게 주문을 건다. 위기는 기회다. 이참에 새 접시를 만들자, 라고.

〈2013. 1.〉

본전생각

　난감했다. 문상을 가자니 적잖은 부조금이 부담스럽고, 안 가자니 상주의 얼굴이 어른거려 고민스러웠다. 계절이 바뀌는 시간이라 그런지 유난히 부고 문자나 청첩장이 많이 날라온다. 벌써 이달에만 네 번째 부고다. 상주를 꼭 찾아보고 인사를 해야 할 자리는 마땅히 가야 한다. 더군다나 부모를 잃은 사람이라면 더더욱 위로의 말이라도 건네야 하지 않겠는가. 그러나 평상시에 별 교유도 없는 사람인데 일 년에 서너 번 모임에서 만나는 사이라고 부고를 보내온 것이다. 하필이면 얼마 전에 같은 모임의 회원이 부모상을 당해 문상을 가서 마주친 사람이 아닌가. 어쨌든 내게 날아든 부고 문자는 하루 동안 나를 고민하게 하였다.

　예전에야 잔치나 초상을 치르면 이웃끼리 물품을 부조했

다. 물자가 귀하던 시절이니 마을 사람끼리 서로 부조하며 큰일을 치르는 전통이 살아 있었다. 친정 막내 고모 혼례식 날 마을의 아낙들이 흰 앞치마를 두르고 머리에 커다란 함지박을 이고서 큰집 대문으로 들어서던 모습을 생생히 기억한다. 그들이 가져온 것은 콩나물 한 시루, 술 한 단지, 떡 한 말 등이었다. 형편이 어려운 집은 일 거들어 주는 것으로 부조했다. 아이나 어른 할 것 없이 모두 잔칫집에 와서 배부르게 먹고 마음껏 즐겼던 아름다운 시절이었다. 관혼상제冠婚喪祭를 집에서 진행해야 했으니 서로 돕지 않으면 일 자체가 불가능했던 이유도 있었다. 이런 상호부조는 어려운 시대를 살아낸 조상의 지혜였다.

90년대 후반 무렵 귀향을 한 나는 문상을 갈 일이 많았다. 장례식장이 아닌 집에서 초상을 치르던 시절이었다. 보수성이 강한 이 지역은 그때만 하더라도 여자가 빈소에 들어가는 것을 꺼리던 집안도 있었다. 그러면 나는 마당에서 상주에게만 예의를 갖추고 부조금을 전하고 왔다. 상전벽해桑田碧海라더니 불과 10여 년 사이에 전통의식도 많이 변했다. 그 가운데 가장 많이 변한 것이 상례가 아닌가 싶다. 어쨌든 그동안 많은 결혼식과 장례식장을 다녀왔다. 당연히 그때마다 부조금 봉투를 들고 갔다. 그러나 나는 한 번도 부조금을 받을 일이 없었다. 본전은 고사하고 밑 빠진 독에 물붓기식으로 부조금만 계속 나간다.

고향에서 공무원을 했던 아버지는 부조금 때문에 마음 고생을 많이 하셨다. 어떤 달은 월급의 반 이상을 부조금으로 지출하기도 했었다. 부조금은 우리 집 경제를 위협하는 지출 항목이었다. 가뜩이나 박봉인 처지에 청첩장이 밀려드는 계절이 오면 아버지의 마음은 오죽했으랴 싶다. 마음 약한 아버지도 나처럼 고민이 깊었으리라. 임종을 앞두고 아버지는 살아생전에 자신이 부조한 사람이라고 다 알리면 욕하니 꼭 알려야 할 친구와 지인을 지명해 주셨다. 그때 들어온 부조금으로 병원비와 장례비를 정산하니 딱 들어맞았다. 어머니는 본전생각이 나셨는지 아버지가 살아생전에 다른 사람의 경조사에 낸 부조금을 낸 만큼 돌려받았더라면 동생 장가갈 때 아파트 한 채는 충분히 사주었을 것이라며 아쉬워했다.

부모상이 많은 걸로 보아 내 나이가 만만치 않다는 것을 느낀다. 대부분 부조금을 전할 때 상호관계를 따진다. 앞으로 내가 부조금을 되돌려 받을 것을 기준으로 판단한다. 그런데 나는 상호부조를 목적으로 하는 계모임도 없다. 지금 내가 꼭 가야 할 자리라면 가고, 그렇지 않으면 안 하는 것이 합리적이라 생각한다. 앞으로 자식들이 결혼을 할지 안 할지도 모르는 마당에 부조금 반환은 애당초 포기하는 것이 좋을 것 같다. 그리고 아직 건강하게 살아계신 부모님이 부조금 돌려

받으려고 죽기를 기다릴 수도 없는 노릇이 아닌가. 본전 생각을 안하는 것이 현명하지 않을까. 그래서 나는 부조금 내역을 기록하지 않는다.

　현금이 오가는 부조금 문제는 민감한 문제다. 적잖은 돈을 봉투에 넣으면서 누군들 마음에 갈등이 없으랴. 매사에 합리성을 강조하는 나도 아직 이 문제에서만은 자유롭지 못하다. 혹여 내가 문상을 안 가거나 부조를 안 하면 상대와의 관계가 어려워지거나 소원하지는 않을까 염려도 된다. 그래서 단호하게 정리를 못 한 채 갈등 중이다. 부모 초상을 치르고 나서 형제끼리 부조금 나누는 문제로 큰소리가 오가는 경우도 더러 있다. 어찌 보면 부조금은 갚아야 할 빚이 아닌가. 마음도 돈으로 환산되는 시대니 어쩌지 못하고 관습대로 흘러가는 듯싶다. 나는 고민을 하다가 결국 부조금을 들고 장례식장으로 향했다.

〈2013. 10.〉

몸이 보내는 신호

저녁 무렵이 되면 왼쪽 팔이 불편했다. 참을 수 없을 정도로 통증이 오는 것이 아니니 견딜 만했다. 그런데 날이 갈수록 무거운 쇳덩이가 팔에 매달린 것처럼 묵직한 아픔이 더해 갔다. 나중에는 목줄기로부터 등을 타고 내려오는 통증이 팔 전체로 퍼져 나갔다. 드디어 오십견이 내게도 찾아왔구나 싶었다. 팔을 이리저리 휘둘러보니 어깨는 괜찮았다. 운동을 열심히 하지 않은 죗값이려니 여겼다.

저녁을 먹고 나서 강변으로 나갔다. 운동화 끈을 단단히 매고 마음의 각오를 다졌다. 왕복하면 두 시간이 넘는 거리다. 발밑이 화끈거려도 계속 걸었다. 그날 밤에 나는 곤한 잠을 잤다. 아침에 일어나려니 허리가 묵직했다. 몸을 무리하게 사용한 후면 가끔 찾아오던 허리 통증이 아니던가. 대수롭지 않게 여겼다. 그런데 앉았다 일어서면 허리를 펼 수가 없었다. 한의원에 가서 침을 맞으면 괜찮아지리라 여겼다. 조금씩 차도는 있었지만, 말끔하게 원상회복은 되지 않았다. 자세를 바꿀 때마다 신경을 자극하는 정체 모를 통증은 점점 나를 지치게 했다.

오후만 되면 온몸의 기운이 다 빠져나가 어디에서든 드러눕고 싶었다. 눈이 저절로 감겼다. 생각도 하기 싫고 짜증만 더해 갔다. 더는 일상의 업무를 하기가 어려워졌을 때 병원을 찾아갔다. 팔의 통증은 소위 자라목 탓이며, 허리 통증은 스트레스로 말미암은 신경의 압박 때문이라는 진단이 나왔다. 지난 학기 나는 새로운 공부를 시작했다. 바짝 긴장한 채로 새로운 환경과 낯선 언어에 적응하려고 온 힘을 다했다. 극도의 긴장 속에서 한 학기를 보내고 종강을 했다. 정신의 긴장이 풀어지자 몸이 아프다며 신호를 보낸 것이었다.

나는 허약체질로 태어났다. 늘 감기를 달고 살았으며, 툭하면 코피를 쏟았다. 그러다 보니 자연스레 몸으로 하는 운동이나 노동은 두렵고 버거웠다. 가능하면 몸에 무리가 가지 않는 범위 안에서 일상을 꾸려 오려고 애를 쓰는 편이다. 한편으로는 정신이 육신의 허약함을 넘어설 수 있다고 끊임없이 주문을 외웠다. 스트레스를 받지 않으려 애를 썼다. 이런 노력이 어느 정도 효과를 보는가 싶었다. 그런데 어느 시점에선가 마음과 머리는 괜찮은데 몸이 저항하거나 반란을 일으켰다. 몸이 정신보다 더 정직했다.

데카르트의 고기토(cogito) 이후 인간은 정신의 위대함을 추종하고 찬양했다. 몸을 하위 개념에 두고 정신을 상위 개념에 둔 것이다. 근대국가 초기에 "하면 된다"는 구호가 삼천리 방방곡곡에 나부끼던 풍경을 떠올려 보라. 정신무장만 하면 어떤 고난도 극복할 수 있다는 정신우월주의가 이데올로기로 작동하던 시대였다. 우리네 할머니나 어머니도 "까짓것 죽으면 썩을 몸뚱아리 아껴서 무엇하랴."라며 평생 몸을 부려 먹었다. 몸은 숨기고 감추어야 할 불경스러운 대상이었다. 몸이 말하는 욕망은 오랜 세월 금기의 영역으로 묶어 두지 않았던가.

프랑스의 철학자 메를로 퐁티는 이런 철학에 반기를 든 인물이다. 메를로 퐁티는 몸이 의식 외부의 대상이 아니라 몸을 통해서 비로소 외부의 대상이 주어진다며 역발상의 사유를 한 것이다. 그는 우리가 그토록 고결하게 여기는 관념의 영역도 지각과 감각적인 것에 근원을 두고 있다고 주장한다. 그래서 "나는 전적으로 몸이며, 그 밖에는 아무것도 아니다."라고 선언했다. 그렇다. 이 말은 인간에게 정신보다 몸이 더 근원적이라는 뜻이리라. 화려한 수사의 많은 말보다 한번의 뜨거운 몸짓이 진실에 더 가깝다는 사실을 떠올리게 한다.

몸이 아프다고 비명을 질러야만 비로소 우리는 몸의 소중함을 자각한다. 형식이 내용을 결정하듯, 몸의 건강이 정신의 건강도 담보한다는 뜻이리라. 며칠 동안 관심과 보살핌을 받은 내 몸은 조금씩 회복 중이다. 몸의 통증이 사라지니 마음에도 밝은 햇살이 비친다. 서너 시간씩 부동의 자세로 컴퓨터만 바라보던 나쁜 습관도 고치려 노력 중이다. 팔과 허리의 통증은 몸이 전하는 항의의 신호였다. 죽으면 썩을 몸일지라도 사는 동안 잘 가꾸고 보듬어야 죽는 날까지 행복한 동행이 가능하지 않겠는가. 몸이 보내는 신호에 자주 귀를 기울여야 하리라.

〈2013. 6.〉

발에 대한 예의

왼발이 상처투성이다. 살갗이 벗겨지고 멍이 들고 피딱지가 앉았다. 모기에 물린 자국까지 더해 마치 전쟁터에서 돌아온 부상병 같다. 발도 엄연히 내 신체의 한 부분인데, 내가 봐도 미안한 생각이 들 정도다. 게다가 여름 내내 맨발로 다닌 터라 살갗도 햇볕에 그을려 갈색이다. 뒤꿈치도 거칠어졌다. 주인의 보살핌을 받지 못한 내 발은 꼴이 말이 아니다.

이른 저녁을 먹고 산책을 나섰다. 늦더위가 기승을 부리는데 양말을 찾아 신는 일이 번거로웠다. 그냥 맨발로 간들 어쩌랴 싶었다. 운동화의 밑창 쿠션도 좋고, 산책로도 연질 우레탄 포장재이니 괜찮을 것 같았다. 처음에는 별 느낌이 없었다. 30여 분쯤 걷자 발에서 신호가 왔다. 발자국을 옮길 때마다 따끔거렸다. 운동화 안의 솔기가 발을 건드린 것이다.

반환점을 돌아 집에 오니 외피가 벗겨진 발간 속살이 나를 원망하듯 쳐다보고 있었다.

　책장에 넣어둔 자료가 필요했다. 봉투를 집어 들고 팔을 굽히는 순간 발등에 무언가가 떨어졌다. 눈앞에서 번개가 치는가 싶더니 이어서 심한 통증이 밀려왔다. 꼼짝도 할 수 없었다. 꽤 두께가 나가는 책이 수직강하하면서 발등을 찧은 것이다. 한참을 그대로 있다가 발을 내딛어 보니 욱신거렸다. 다행히 심한 상처를 입지는 않았다. 짓찧은 곳에 피가 조금 났으나 금방 지혈이 되었다. 다음날 아침에 일어나 발을 내디딜 때마다 약간 통증이 왔다. 견딜 만한 통증이었다.

　문제는 멍이었다. 발가락 주변에 시퍼렇게 속 멍이 든 것이다. 겉으로 드러난 상처는 가벼웠지만 속으로는 깊은 내상을 입었다며 항의하는 듯했다. 약을 바르면 좀 빨리 아물겠지만, 그냥 지내기로 했다. 어지간한 상처는 곪거나 덧나지 않는 내 피부의 뛰어난 치유능력을 믿었기 때문이다. 연고를 바르거나 드레싱을 하면 흉터 없이 잘 아물 수 있는데 왜 그냥 내버려두느냐며 의아해하는 사람도 있었다. 이런 고약한 신념 탓에 내 발에는 흉터가 여러 개 있다.

　발은 신체의 맨 아래에 위치한다. 심장에서 가장 먼 거리에 발이 있다. 그러다 보니 혈액 공급도 늦고, 혈액 순환이 잘 안 되어 감각이 둔하다. 더위에 지친 날 발을 찬물에 담그고 있

으면 온몸이 시원해지며 피로도 풀린다. 또 추울 때도 발이
따뜻하면 잠이 잘 온다. 그래서 의학에서도 발은 제2의 심장
과 같다고 한다. 그렇게 부르는 이유를 알 것 같다. 하이힐을
신고 돌아다니다 보면 발이 먼저 신호를 보낸다. 피곤하니
이제 그만 돌아다니라고. 그래서 언제부터인가 편한 신발을
찾게 되었다.

발에도 표정이 있다. 발레리나 강수진의 발은 그녀가 흘린
땀과 노력을 증언하는 기표다. 고 이태석 신부가 수단의 나
환자에게 신발을 선물하기 위해 종이에 그린 발은 피고름이
흐르는 가난의 흔적이다. 낡은 가죽 샌들에 굳은살이 배인
마터 테레사의 큰 발은 숭고한 사랑과 희생의 상징물로 다가
온다. 발도 한 인간이 살아온 길을 증언하는 많은 이야기를
내포하고 있다. 그래서 화해와 헌신을 약속하는 세족식을 하
는 장면을 보면 숙연해진다.

발은 사람의 시선을 끌지 못한다. 신체 일부로서 중요한 역
할을 담당하지만, 시선에서 소외된 채 신발 속에 갇혀 지낸
다. 자연히 보살핌도 소홀하다. 발 마사지를 하는 이들도 있
다지만, 난 한번도 내 발에 그런 호강을 시켜준 적이 없다. 만
약 발이 아닌 얼굴에 그런 상처가 났다면 난리를 피웠을 것
이다. 발가락에 작은 상처만 나도 걷기가 불편하다. 발은 인
체의 중심을 잡아주고, 직립보행을 가능하게 해주는 고마운

것임에도 그 대접은 푸대접이다.

　지금 내 발은 화가 잔뜩 난 표정이다. 주인의 보살핌과 관심을 받지 못한 채 거친 환경에 그대로 노출되었기 때문이다. 사회와 가족으로부터 소외되고 경쟁에서 탈락한 낙오자들의 분노가 폭발하고 있다. 그들은 사회의 가장 아래에서 관심이나 보살핌을 받지 못한 이들이다. 우리가 무심한 사이 속으로 상처와 분노를 키워왔으리라. 내 발도 무심한 주인을 향해 언젠가는 항거할지도 모른다. 보듬고 같이 가야 한다. 안 그러면 모두가 불행해진다. 발등에 난 상처에 연고라도 발라주어야겠다. 이런 작은 관심이 인간과 발에 대한 최소한의 예의가 아니겠는가.

〈2012. 8.〉

태풍과 작은 새

태풍이 한바탕 휘젓고 지나간 강변 풍경은 낯설었다. 강폭을 가득 채우며 거침없이 흘러가는 황토물이 태풍이 남기고 간 흔적이었다. 산책로까지 점령한 물길은 쓰레기만 남기고 서서히 빠져나갔다. 겨우 강바닥만 적시던 강물이 그득한 남천강은 비로소 제 모습을 되찾은 듯 도도하다. 하얀 스티로폼과 나뭇가지, 빈 병 따위가 물살을 타고 곡예를 하듯 떠내려간다. 태풍이 몰고 온 비바람은 강을 한바탕 뒤집어 대청소하는 중이었다.

구경꾼이 모여 있었다. 호기심에 나도 그곳으로 다가갔다. 강물에 무언가 떠내려오고 있는 것이 내 시야에 들어왔다. 처음에는 무엇인지 형체를 알 수 없었다. 언뜻 보면 작은 물체가 물살 따라 파도타기를 하는 듯도 싶었다. 점점 가까이 오자 형체가 또렷하게 보였는데, 작은 새 한 마리가 물살에 떠내려오는 것이 아닌가. 깃털은 이미 물에 흠뻑 젖었고, 물에 잠겼다가 다시 올라오기를 반복했다. 한 생명체의 생사가 오가는 장면이었다. 뜰채라도 있다면 그 새를 건져주련만 유감스럽게도 구경꾼의 손에 그런 도구는 없었다.

새는 죽을힘을 다해 물살을 타며 강의 가장자리로 헤엄쳐 왔다. 몇 번의 시도 끝에 작은 새는 비로소 사지로부터 탈출에 성공했다. 시멘트 방죽에 올라선 새를 바라보는 구경꾼 사이에서 낮은 탄성이 흘러나왔다. 겨우 정신을 차린 새는 날개를 펴고서 두어 차례 깃털의 물기를 털었다. 작은 새는 몇 발짝 움직이다가 앞으로 꼬꾸라졌다. 그러더니 한기가 드는지 바들바들 떨기 시작했다. 작은 수건이라도 덮어주면 한기를 면할 텐데 마음만 간절했다. 사람이 가까이 다가가면 두려워할까 봐 그냥 쳐다보기만 했다. 작은 새를 뒤로하고 나는 무거운 발걸음을 옮겼다.

집에 돌아와서도 물에 빠져 허우적거리던 작은 새의 모습이 머리에서 떠나질 않았다. 누군가의 보살핌을 받지 못하면 그 새는 밤을 못 넘기고 죽을지도 모르는 상황이었다. 속수무책으로 구경만 하다가 온 것이 잘한 짓일까. 달리 방법도 없었지만, 어쨌든 도움이 필요한 상황에서 발길을 돌린 것이 마음 아팠다. 어미 새와 다른 새끼들은 태풍이 닥치기 전에 서

둘러 어디론가 피난을 갔을 것이다. 어쩌다가 그 녀석은 혼자 고립되어 물에 떠내려왔던 것일까, 또 작은 새를 잃어버린 어미 새는 얼마나 애타게 새끼를 찾을까. 혼자서 살아가기엔 너무 어린 새였는데….

태풍은 강에게 많은 상처를 남기고 소멸했다. 태풍은 인간에게도 적잖은 피해를 주었지만, 강을 토대로 살아가는 생명체에게도 고난을 안겨 주었다. 강바닥에 뿌리박고 서 있던 물버드나무도 맥없이 쓰러졌다. 갈대나 부들, 노랑어리연꽃, 물밤 같은 수생식물도 거센 물살을 견디지 못하고 휩쓸려 갔다. 평화롭던 강은 전쟁터처럼 변했다. 폐허처럼 변한 풍경은 강을 터전으로 살아가는 생명체의 재난 상황을 그대로 보여주었다. 강 주변의 풀숲을 보금자리 삼아 살던 새들도 새끼를 잃거나 집을 떠내려 보낸 이재민이 되었을 것이다.

나도 휴강을 하고 집안에서 태풍이 지나가기를 기다렸다. 유리창에 부딪치는 빗물과 바람에 흔들리는 가로수의 몸짓을 바라보면서 그들과 함께 태풍의 횡포를 견디고 있었다. 분지인 이 고장은 한나절 태풍이 지나간 후 금방 평온을 되찾았다. 살다 보면 예기치 못한 태풍 같은 사건을 겪기도 한다. 또 길을 잘못 들어서거나 발을 헛디뎌 거센 물살에 휩쓸려 허우적거리던 시간도 있었다. 그때마다 내 날개도 흠뻑 젖어 한기에 떨며 밤을 지새우기도 했었다. 그러나 숨쉬는 것조차 고통스럽던 시간도 언젠가는 다 지나갔다.

한여름 길을 가다가 소나기를 맞기도 한다. 앞이 안 보일 정도로 쏟아지던 소나기도 얼마 후면 그친다. 지상의 모든 것을 다 불태울 듯 뜨겁던 지난여름도 다 지나갔다. 그렇다. 고통과 시련의 시간은 잠깐 스쳐 가는 소나기나 태풍 같은 것이리라. 집을 잃은 어미 새는 곧 새집을 짓고 새끼들을 보듬으며 부지런히 먹이를 물어 나를 것이다. 쓰러졌던 나무도 다시 일어설 것이다. 태풍은 모두에게 시련을 안겨 주었지만, 더 튼실한 삶의 뿌리를 내리게 할 것이다. 질풍노도처럼 질주하던 거센 물살을 이기고 뭍으로 올라온 작은 새도 추위와 배고픔 따위는 거뜬히 이겨냈을 것이라 믿고 싶다.

〈2012. 9.〉

밥 한 그릇의 철학

나는 하루 세 끼 밥 먹는 일에 목숨을 건다. 정해진 시간에 밥을 못 먹으면 신경질이 나고, 눈앞에 밥이 어른거려 다른 일을 할 수가 없을 정도다. 낮에 면 종류를 먹은 날은 밥이 먹고 싶어 집에 일찍 간다. 아이를 키울 때도 아침밥은 꼭 먹여서 학교에 보냈다. 밥이야말로 내 목숨이며, 건강의 일등 공신이다. 그래서 나는 사람들과 밥 먹는 일을 좋아한다. 다른 이와 마주 앉아 밥을 같이 먹는 행위는 내 나름의 친교 의식이다. 요즘에야 다들 밖에서 밥을 먹지만, 예전에는 자주 집으로 지인들을 초대하여 함께 밥 먹고 이야기하는 것을 즐겼다. 참 좋은 시절이었다.

맛집 탐방이 취미였던 때가 있었다. 어느 집 음식이 맛있다더라고 하면 기를 쓰고 찾아갔었다. 여행을 가면 반드시 그

지역의 향토음식을 맛본다. 여행자만이 누리는 특권이자 즐거움이 아닌가. 대체로 관공서 근처 식당에 가면 값싸고 푸짐하다. 오래전에 전북 정읍의 말목장터에서 먹어본 전라도 정식은 잊을 수가 없다. 기본 5천 원짜리 백반을 주문했는데, 상다리가 부러지도록 나오는 반찬을 보고 비명을 질렀던 기억이 떠오른다. 기분이 우울하거나 사는 일이 힘겨울 때도 나는 맛집을 찾아 나선다. 정갈하고 정성이 깃든 음식을 배불리 먹고 나면 살아갈 힘이 솟아나곤 했다.

점심 약속이 잡혔다. 하루건너 저녁 모임이 있었던 터라 메뉴 고르기가 쉽지 않았다. 적당한 가격에 맛있는 밥집을 찾는 일은 소풍 가서 보물찾기하기보다 어렵다. 머리에 저장된 식당을 떠올려 보았다. 마땅한 집이 생각나지 않았다. 이럴 때마다 공식을 모르는 수학문제를 마주한 것처럼 난감하다. 거리에 나가보면 고깃집이 너무 많다. 채식 중심의 전통 식단이 어느새 육식 중심으로 바뀐 것이다. 인터넷 검색으로 해결해 보기로 했다. 몇 개의 식당이름이 올라왔는데, 그 가운데 한 집이 눈에 들어왔다. 사진과 함께 올라온 글을 보고 결정했다. 확률은 반반이었다. 딱 두 가지 메뉴만 내놓고 장사하는 주인장의 배짱과 자신감이 내 호기심을 자극했다.

밥집 주인은 나름의 철학을 가진 사람인 듯했다. 직접 손님을 맞고 밥상을 차려주었으며, 화학조미료로 맛을 내기보다 신선한 재료로 승부를 거는 듯 보였다. 밥장사의 기본에 충실한 사람이었다. 생선 하나도 교과서대로 구워서 내놓았다. 누군가의 집에 초대받아 밥상을 받은 것처럼 정성과 맛이 느껴졌다. 돈을 주고 사 먹는 밥이지만 기분이 좋았다. 그는 느리지만, 원칙에 충실할 때 손님이 다시 찾아온다는 것을 잘 알고 있는 듯 보였다. 크게 화려하게 건물을 지어 떼돈을 벌겠다는 욕심에 온통 조미료로 맛을 내는 밥집이 많다. 맛깔스러운 상차림을 하는 밥집을 발견한 기쁨은 입 광고로 이어졌다. 나는 그 식당 주인의 노련한 전략에 넘어간 것인지도 모르겠다.

어머니 세대만 하더라도 밥 한 알 허투루 버리지 않았다. 새색시가 시집을 가면 가장 조심하는 행동이 쌀이나 밥을 우물가에 흘리지 않는 것이었으니까. 쌀을 씻은 뜨물로 숭늉을 끓여 마시고, 설거지를 한 물은 소여물을 끓이는 물로 활용했다. 곡기가 조금이라도 들어간 것은 함부로 버리지 않는다는 일종의 금기였던 셈이다. 쌀이 귀하던 시절 쌀밥은 귀하디귀한 음식이었다. 아버지와 어머니가 뼛골이 빠지도록 김을 매고 정성을 들여 지은 밥이기에 그토록 소중하게 여길 수밖에. 오래전에 식당에서 버리는 음식을 보고 어느 할머니가 나직한 목소리로 "저리 귀한 음식을 함부로 버리다니 하늘이 무섭다."라며 말하던 모습이 떠오른다.

밥 한 그릇에는 형언할 수 없는 우주의 기운이 담겨 있다. 한 톨의 쌀은 인간과 자연이 빚은 생명의 결정체다. 그 작은 쌀에 온 우주의 기운이 응집되어 있기에 사람의 목숨을 이어가는 근원이 된다. 작은 볍씨가 자라 한 그릇의 따뜻한 밥이 되어 내 입에 들어오기까지 얼마나 많은 것들의 노고가 있었겠는가. 비와 바람과 햇살과 이슬이 밤낮 지켜주었으리라. 농부의 정성과 땀방울이 녹아 한 그릇의 밥이 되었다. 어찌 고맙지 않은가. 그러기에 밥은 곧 목숨이요 하늘이다. 시인 함민복은 〈긍정의 밥〉이란 시에서 이렇게 노래한다. "마음이 따뜻한 밥, 가슴을 따뜻하게 덥혀주는 밥"이라고. 그렇다. 정성이 담긴 밥 한 그릇은 내 목숨을 살리고, 내 가슴을 따뜻하게 데워주고, 내 삶을 행복하게 해준다.

〈2013. 2.〉

대원이 이야기 1

　대원이, 이 명사는 어느 잡종 개의 이름이다. 외모를 보아 하니 귀족가문의 혈통을 타고난 개는 아닌 듯했다. 맨 처음 내가 그 개를 보았을 때 든 느낌도 개치고는 참 인물도 없는 놈이라는 것이다. 단추 구멍만 한 눈에다가 윤기 없는 짧은 털, 어중간한 몸집 등 볼품없는 모습이었다. 대원이는 유기 견이었다. 보건진료소에 실습을 나온 간호대 학생들이 동네 산책하러 나갔다가 데려온 개가 대원이다. 이름도 그 학생들 이 그 동네 이름을 본떠서 붙여준 것이란다. 아무튼, 대원이 는 그렇게 시골의 작은 보건진료소 가족으로 들어왔다.

　대원이 엄마는 문학 모임에서 만난 지인이다. 시골 보건진 료소장인 그녀에게 전화를 거는 동네주민이나 주변 사람도 꼭 대원이 안부를 묻는다. 시나브로 대원이는 우리 사이에서 중심인물로 부상하게 되었다. 문제는 대원이가 여느 평범한 애완견처럼 사는 것이 아니라 매번 대형 사고를 치는 문제견이라는 것이다. 갈 때마다 듣는 대원이 이야기는 어떤 인생보다 격동적이었다. 모두 인간과의 관계에서 빚어진 참극이었다. 개한테도 세상살이란 만만치 않은 과제라는 것을 보여준다.

처음에 대원이는 차마 눈 뜨고 못 볼 정도로 불쌍한 모습이었다. 풍찬노숙의 흔적이 몸 곳곳에 문신처럼 남아 있었다. 오랫동안 길 위를 돌아다니며 제대로 못 먹었는지 뼈만 앙상했다. 게다가 피부병까지 걸려 털이 빠지고, 듬성듬성 살갗이 그대로 드러나 얼룩 강아지처럼 보였다. 그녀에게 대원이의 등장은 그리 달갑지 않았다. 유기견 센터에 연락하니 안락사를 시킨다는 대답이 돌아왔다. 그 말을 듣고는 차마 대원이를 내치지 못한 채 서너 달 넘게 동거를 하고 있다.

대원이에게 가장 시급한 것은 영양 보충이었다. 그녀는 밥과 우유, 고기를 넣은 특별 영양식을 매끼 챙겨주었다. 그리고 항생제와 피부약으로 정성스럽게 치료를 했다. 식당에 가면 대원이에게 줄 요량으로 남은 음식을 싸서 올 정도였다. 개집도 장만했다. 그녀의 보살핌을 받은 녀석은 하루가 다르게 살이 올랐으며, 피부병도 나았다. 얼룩덜룩하던 대원이의 몸이 갈색의 윤기 나는 털로 갈아입었다. 인물도 좋아졌다.

보살핌과 사랑을 받은 녀석은 그늘에서 늘어지게 낮잠도 자고, 밥걱정 집 걱정 없이 태평성대를 누리는 듯했다.

내가 진료소에 가면 녀석은 멀뚱멀뚱한 눈으로 낯선 방문객을 쳐다본다. 진료소를 방문하는 모든 이들은 대원이와 대면한 이후에 실내로 들어갈 수 있다. 털 달린 동물이라면 멀찍이 돌아가는 나도 대원이와의 상면은 피할 수 없는 절차다. 그 녀석과 나도 차츰 정이 들었다. 처참한 꼴로 동정심을 유발하던 녀석도 인간의 사랑을 받으니 점점 인물이 났다. 동물이나 인간이나 마찬가지가 아닌가. 상상할 수 없는 끔찍한 사건을 저지른 흉악범이 죄의식이나 미안함을 못 느끼는 이유도 관심과 사랑을 받지 못했기 때문이라고 한다. 그러고 보면 대원이는 무책임하고 철없는 부모를 둔 여느 인간보다 훨씬 운이 좋은 놈이다.

대원이도 자신을 지극정성으로 돌보고 밥을 챙겨주는 주인이 얼마나 좋았을까. 그녀가 보이기만 하면 꼬리를 흔들며 졸졸 따라다녔다. 아마도 녀석이 표현할 수 있는 감사의 언어가 꼬리 흔들기 뿐이라는 사실이 원통했을 것이다. 호사다마라고 했던가. 어느 날 차를 몰고 외출하려는 그녀를 따라가다가 자동차 바퀴에 얼굴을 다치는 교통사고가 나고 말았다. 피해자인 녀석이나 가해자인 주인이나 피차 미안하고 안쓰러운 상황이었다. 그날 밤 대원이는 사고의 충격으로 가출을 했다. 첫 외박이었다.

유기견으로 살아오면서 대원이는 세상으로부터 외면당하고 이런저런 상처를 많이 입었을 것이다. 운 좋게 좋은 주인을 만나 호사를 누린다 싶었는데, 불의의 교통사고는 고통스러운 과거의 기억을 떠올리게 했으리라. 유감스럽게도 녀석은 자신의 호의를 몰라주고 상해를 입힌 차와 주인을 분리해서 생각할 만큼 인지능력을 갖추지 못했다. 종일 어디를 돌아다니는지 배가 고파야 진료소로 돌아왔다. 자신의 진심을 몰라준 인간에 대한 원망이 컸던지 그날 이후 대원이는 툭 하면 집을 나갔다.

〈2013. 8.〉

대원이 이야기 2

    첫 번째 교통사고로 가출한 대원이는 다음 날 저녁 무렵에야 힘없이 귀가했다. 종일 굶었는지 개 사료를 허겁지겁 먹어 치웠다. 얼굴에는 상처 자국이 선명했다. 겨우 사고의 후유증이 아물 즈음, 두 번째 사고가 났다. 비를 피해 차 밑에 들어가 웅크리고 있던 녀석은 후진하는 차바퀴에 다리를 다치는 교통사고가 났다. 비명을 지르는 녀석의 존재를 알았을 때는 이미 다리에서 흐른 피가 빗물에 흥건하게 번져나가고 있었다.

    뒷다리를 다친 대원이는 절름발이가 되었다. 상처가 아물 동안에도 대원이는 매일 외출을 했다. 진료소 마당도 자신에게 안전한 공간이 아니라고 판단한 듯했다. 그 동네는 유기견의 천국이다. 먼저 그 동네를 점령한 개들은 대원이의 등장에 노골적인 반감과 저항을 표현했다. 어느 날 대원이는 동네의 선배 개에게 물려 허리에 상처를 입고 처참한 모습으로 귀가했다. 녀석의 시련은 끝이 없었다.

그녀는 대원이를 묶어 두기로 했다. 자유로운 방목이 최선이 아니라는 결론에 다다른 것이다. 개목걸이를 채우려 하자 대원이는 거세게 저항했다. 녀석의 사지를 결박한 후 겨우 목걸이를 채울 수 있었다. 얼마 후 녀석은 허술한 개목걸이를 끊고 사라졌다. 대원이는 빠삐용처럼 필사적으로 탈출을 감행한 것이었다. 녀석은 처음부터 사람에게 길든 집개가 아니라 들개의 야성을 지닌 놈이었다. 맛있는 식사와 안락한 집도 자유와 바꿀 수는 없었으리라. 정주의 안락함보다 유목의 자유로움을 선택한 대원이. 대원이는 그날 세 번째 가출을 감행했다.

시련이 계속되자 대원이의 눈빛도 달라졌다. 세상 누구도 믿지 못한다는 불안감이 어른거렸다. 인간에 대한 불신이었다. 주인이 베푸는 사랑을 믿지 못하는 대원이는 가출과 귀가를 반복했다. 그런 가운데 심신은 지치고 상처는 더해졌으리라. 녀석은 안타깝게도 인간과 더불어 살아가는 방법을 학습하지 못했다. 개가 인간과 함께 살아가려면 자신의 야성을 죽이고 인간 세상의 규칙을 따라야 하는 데 말이다. 대원이의 운명을 손에 쥔 그녀의 고민도 깊어 갔다.

대원이의 여름도 무덥고 힘들었다. 가출과 귀가를 반복하던 녀석은 아직도 그 집에 머무르고 있다. 그러던 어느 날 목에 작은 혹이 생겼다. 점점 혹이 커지더니 얼굴조차 부었다. 대원이 엄마는 또 치료를 시작했다. 보다 못한 주변 사람들이 이제는 미련 없이 유기견 센터로 보내라고 충고를 했다. 이런 말에 대하여 그녀는 "대원이가 평범한 개였다면 벌써 남에게 주었을 거다. 사고와 병마를 달고 사는 녀석을 차마 보낼 수가 없다."라고 말했다. 아픈 사람이 찾아오는 곳이 보건진료소가 아닌가. 대원이도 그곳에 가면 자신의 상처를 치유해 주리라는 것을 알고 있었던 것일까. 녀석은 진료소를 떠날 생각은 완전히 접은 듯하다. 많은 시련을 겪고 나더니 이젠 마음을 다잡은 것일까.

그녀의 지극한 정성과 사랑이 대원이의 방랑벽과 불안을 잠재우는 데 큰 역할을 한 것이리라. 대원이의 생을 지켜본 나는 새삼 개 팔자 상팔자라는 속담을 곱씹어 보았다. 주인 잘 만난 개는 사람 팔자보다 나은 상팔자다. 개를 자식보다 더 애지중지하며 동거하는 사람이 점점 늘어난다. 동네 강변에 나가 보면 개 천국이다. 온갖 치장을 한 개들이 산책로를 달린다. 개 엄마들이 나누는 대화를 엿듣다 보면 내가 우리 애들 어릴 때 또래 엄마들과 나누던 이야기와 같다. 진지하고 다정다감하다. 그들의 개 사랑은 아름답다. 어쨌든 한 생명체에 대한 사랑을 실천하는 이들이 아닌가. 문제는 키우다가 병이 들거나 경제적 이유로 개를 내다 버리는 개보다 못한 인간도 많다는 사실이다.

오호 통제라! 어쩌다가 인간이 개보다 못한 신세가 되었단 말인가. 자업자득이 아닐까. 사생결단으로 서로 경쟁만 하다 보니 누구도 믿지 못하고 외로움만 남은 것이다. 이웃끼리 불신하고 사기를 치고 인간다움을 포기해 버린 사회. 이런 세상에서 우리는 각자 외로운 섬으로 살아가고 있다. 사람끼리 소통도 교감도 안 되니 차라리 개와 마음을 나누며 사는 것이 훨씬 낫다는 생각이 번져 가고 있다. 대원이는 오랜 방황 끝에 안식처를 찾았다. 길 위를 떠돌며 쓰레기통을 뒤지던 과거의 상처는 사랑으로 치유되었다. 부디 대원이가 오래오래 진료소의 가족으로 행복하게 살기를 바란다.

〈2013. 8.〉

겨울나무로부터

　내가 즐겨 오르는 우리 동네 성암산은 해발 500미터도 안되는 나지막한 산이다. 성암산에는 시간이 날 때마다 혼자서 산책 삼아 오가는 나만의 오솔길이 있다. 멀리서 보기와는 달리 산속으로 들어가면 경사가 급하고 가파르다. 성암산은 돌이 많은 척박한 토질이라 울울한 건목建木을 키우지 못한다. 그래서 아카시아나 참나무 같은 잡목이 주를 이루다 보니 사계절의 변화를 뚜렷하게 느낄 수 있다. 빼어난 소나무가 아닌들 어떠랴. 오히려 별 쓸모가 없는 나무이기에 오랜 세월 산을 지킬 수 있었고, 갖가지 초목들과 공존할 수 있었으리라. 그 길을 터전으로 살아가는 나무와 풀꽃과 벌레들은 햇볕도 바람도 골고루 나누어 가진다. 나무라는 생명체가 지닌 순후한 성품 덕택이 아닐까.

겨울 산을 오른다. 적막감이 감도는 고요가 평화롭다. 봄부터 가을까지 왕성한 활동을 하던 모든 생명체는 휴면休眠으로 들어갔다. 가을 내내 농염한 색상으로 마지막 열정을 불태우던 낙엽도 돌 틈에서 뒹군다. 나무는 제 분신들을 아낌없이 흙으로 돌려보냈다. 모름지기 시간의 흐름에 따른 소멸의 과정은 모든 존재의 피할 수 없는 운명이다. 겨울나무가 아름다운 이유도 자연의 섭리를 따라 순명順命하는 자세 때문일 것이다. 물론 나무도 생존의 치열함이나 태풍 같은 예상치 못한 재난을 겪겠지만, 나무는 산의 중심 좌이다. 잎과 열매를 다 떠나보낸 나무는 비로소 제 등뼈를 곧추세운다. 하늘 아래서 죄 없는 자만이 취할 수 있는 자세다. 그래서 겨울 산을 지키는 나무에는 실존의 깊이가 서려 있다.

지난여름 염천의 더위를 뚫고 박수근의 그림을 보려고 경주로 향했다. 화집에서나 보던 그림의 진품을 만날 수 있다는 사실은 나를 흥분시켰다. 살아생전 다시 진품을 못 볼지도 모른다는 절박함도 한몫했다. 그런데 나목을 그린 작품은 예상 외로 작은 액자에 얌전히 들어앉아 있었다. 그 큰 고목을 그토록 작은 액자 안에 집어넣은 화가의 재주가 놀라웠다. 단순하면서도 투박한 선으로 표현된 박수근의 나목은 진중하고도 담백한 화가의 성품을 보는 듯했다. 전쟁의 참화를 겪고 나서도 자연과 인간에 대한 믿음을 버리지 않았던 박수근의 선한 눈빛은 그의 그림 안에 고스란히 담겨 있었다.

박수근은 나무를 즐겨 그렸다. 그것도 잎이 다 떨어진 나목을. 그의 그림을 들여다보고 있으면 이상하게도 마음이 따스해진다. 그림 속의 나무는 단순 소박하다. 그런 단순함에서 우러나는 진득한 믿음과 과묵함이 매력이다. 나목 아래는 여인과 아이들이 소품처럼 자리한다. 함지박을 이고 발걸음을 재촉하며 집으로 가는 여인, 아이를 업은 누나, 나무 아래서 무언가를 줍는 아이들이 등장한다. 그의 나목 그림이 황량하거나 처량하지 않은 이유가 바로 그 여인들 때문이 아닐까. 전쟁터로 나가 돌아오지 않는 가장을 대신하여 집안의 생계를 짊어진 여인들. 그 여인들은 나목처럼 씩씩하고 굳건하다. 전쟁의 참화를 겪은 후, 서로의 상처를 보듬고 가족을 건사하던 이 땅의 여인들은 나목처럼 강인하고 다부졌다.

고대인에게도 나무는 신성한 숭배의 대상이었다. 고구려 고분벽화에도 나무가 많이 등장한다. 하늘로 가지를 뻗어 올리고 풍성한 열매를 맺는 나무를 보면서 그들은 다산과 풍요를 기원했으리라. 나무와 새는 지상과 천상을 이어주는 가교이자 경외의 대상이었다. 나무 아래서 춤을 추고 손님을 접대하는 고구려 벽화를 보면 온갖 상상이 나래를 편다. 고대인들의 소박한 꿈과 자연 앞에 겸손했던 그들의 자세를 배우고 싶다. 시골 길을 지나가다가 외진 마을 입구에 서 있는 큰 나무를 보면 경외감마저 든다. 오랜 세월 그 마을 사람들과 함께한 당산나무는 객지를 떠도는 이들에게는 귀향의 상징물로, 고향을 지키는 이들에게는 든든한 지킴이로 가슴속에 자리하고 있을 것이다.

> 겨울 산을 오르면서 나는 본다.
> 가장 높은 것들은 추운 곳에서
> 얼음처럼 빛나고,
> 얼어붙은 폭포의 단호한 침묵.
> 가장 높은 정신은
> 추운 곳에서 살아 움직이며
>   (중략)
> 만일 내 영혼이 천상의 누각을 꿈꾸어 왔다면
> 나는 신이 거주하는 저 천상의 일각을 그리워하리.
> 가장 높은 정신은 가장 추운 곳을 향하는 법.
> 저 아래로 흐르는 것은 이제부터 결빙하는 것이 아니라
> 차라리 침묵하는 것.
>
>   —〈산정묘지1〉중에서

시인 조정권의 〈산정묘지〉는 겨울나무에게 바치는 한 편의 헌사獻辭다. 숲의 진경眞景은 겨울이 되어야 알 수 있다고 했던가. 오로지 몸으로 제 존재를 증명해야 하는 가혹한 조건이지만, 겨울나무는 비굴하지도 움츠러들지도 않는다. 저 도저

한 자신감은 어디서 비롯된 것일까. 할 일을 묵묵히 다 한 자, 정신이 올곧은 자만이 보여주는 자부심이 아닐는지. 제 발로는 이동할 수 없는 나무는 태어난 자리에서 일생을 살다가 그 자리에서 죽어 거름이 된다. 위리안치圍籬安置의 형벌은 나무가 타고난 원죄이런가. 직립의 자세로 속죄의 시간을 보내는 겨울나무는 침묵만이 유일한 보속인 양 묵언 수행 중이다. 그 자세가 사뭇 엄숙하고 비장하다.

무서운 속도로 질주하는 자본주의는 인류가 쌓아온 정신적 가치와 의미를 추방해 버렸다. 정신을 밀어낸 그 자리에 저급한 물욕과 물신주의가 들어와 앉았다. 넘치는 물질의 풍요가 우리를 행복하게 해주리라 믿었다. 그런데 물질이 넘칠수록 마음은 더 가난하고 황폐한 것은 왜일까. 외면하고 내팽개친 숭고한 정신적인 가치를 되찾아야 한다. 인간에 대한 믿음과 신뢰, 낮은 곳을 향한 베풂, 함께 가는 연대의 가치 등. 산에서 내려오면서 계곡 입구의 오래된 산벚나무를 향해 두 손을 모으고 고개 숙인다. 겨울나무가 꿈꾸는 천상의 누각은 아닐지라도, 가장 추운 곳에서 승화된 높은 정신의 자리에 한 번쯤 올라가 보고 싶다. 자본이 세상을 점령해버린 이 시대에 나는 어리석게도 나목의 청빈과 정신의 고원을 꿈꾼다. 나도 겨울나무를 닮고 싶다.

〈2014. 2.〉

2 부

시월의 마지막 밤에

매화밭의 향연

봄이다. 봄은 느닷없이 온다더니 산수유를 시작으로 개나리, 목련, 진달래의 꽃망울이 툭툭 터지기 시작했다. 농원에 매화꽃이 피었으니 한번 모이자는 전갈이 왔다. 며칠 전부터 마음이 설레었다. 해마다 이맘때가 되면 매화농원에서 잔치가 벌어진다. 벌써 일 년이 지났구나, 라는 시간의 거리를 실감한다. 올해도 문우들이 매화꽃 향기를 맡으러, 사람 향기를 맡으러 삼삼오오 모여들 것이다. 매화꽃이 피면 꽃샘추위가 같이 온다. 꽃샘추위 속에서 매화 향기는 더욱 짙어지니까.

은행에서 간부로 일하던 그는 외환위기를 맞아 직장이 문을 닫는 사태를 겪는다. 졸지에 실업자가 되었다. 분노와 울분으로 밤잠을 못 이루고 세상을 원망했다. 그러다 문득 이렇게 남은 생을 살 수 없다는 생각이 들었다. 노후대비용으로 사두었던 야산으로 향했다. 소나무와 잡목으로 우거진 산은 거칠고 척박했다. 나무를 베어내고 뿌리를 곡괭이로 캐냈다. 밭일에 낯선 육체는 저항했다. 허리가 아프고 손바닥이 부풀어 올랐지만 그렇게라도 하지 않으면 마음을 다스릴 수가 없었다.

잡목과 소나무를 베어낸 자리에 매실나무를 심었다. 어린 매실 묘목이 뿌리를 내릴 때쯤 그의 마음에도 비로소 평화가 찾아왔다. 흙과 함께하면서 세상을 향하던 원망과 분노의 마음도 내려놓았다. 풀을 뽑고, 텃밭을 가꾸는 재미가 자식 키우는 재미 못지않았다. 땀흘려 일한 뒤에 나무 그늘에서 마시는 막걸리 한잔의 맛을 어디에다 견주랴. 땅은 정직했다. 몇 해 후 매실나무에 조롱조롱 열린 매실은 그가 흘린 땀의 결실이었다. 항아리를 사와 매실주를 담그고 매실 식초를 만들었다.

매화꽃 향기가 바람결에 흩날리면 문우들을 초대했다. 잔디밭에 자리를 깔고 들차회를 열었다. 녹차를 연하게 우려내고 찻잔에 매화꽃을 하나 띄우면 그 작은 공간에 화엄華嚴의 세계가 열린다. 찻잔을 입으로 가져가는 순간 매화 향이 진하게 다가온다. 봄의 향기다. 은은한 녹차 향에 고혹적인 매화 향이 어우러지는 순간 봄의 서곡이 힘차게 울린다. 그런 다음 동해에서 배달해 온 싱싱한 회를 안주 삼아 술잔이 돌아간다.

가슴에 매화 향이 스며들 즈음 음악회가 시작된다. 오페라 아리아 독창과 판소리 한마당, 우리 가곡과 가요가 매화밭에 울려 퍼진다. 흥이 오르면 어깨동무를 하고 합창도 한다. 비로소 우리 마음에도 봄의 교향악이 울려 퍼진다.

감동의 순서는 또 있다. 안주인이 차려내는 밥상이다. 공기 좋은 농원에서 바람과 햇빛을 받으면서 잘 익은 그 집 된장 맛은 일품이다. 농원에서 키운 매실로 담근 매실 장아찌, 두릅 장아찌, 겉절이 나물 무침, 된장찌개로 차린 밥상 앞에서는 누구나 고향과 어머니를 떠올린다. 손님을 곡진하게 대접하는 안주인의 태도는 감동 그 자체. 접빈接賓을 최고의 덕목으로 삼았던 옛 시절의 예법을 실천하는 여인의 자태와 마음 앞에서 전통의 가치를 새삼 떠올려 본다. 여성의 고된 노동과 희생을 제물로 삼아 낡은 이데올로기의 그림자로 변질한 손님접대가 아니던가. 하지만 인간에 대한 예의를 가르친 소중한 유산이기도 하다.

매화농원 부부는 요즘 이틀 건너 한 번씩 손님을 초대한다고 했다. 매화꽃 향기를 핑계 삼아 주변 지인들을 초대하여 술과 밥을 나누고, 마음을 나누고 싶기 때문이란다. 이 얼마나 아름다운 자리인가. 언제부턴가 집으로 사람을 초대하는 일이 사라졌다. 그런데 매화농원 부부는 해마다 지인들을 초대하여 봄의 향연을 벌인다. 나도 다른 약속을 미루고라도 매해 참석한다. 매화꽃이야 천지에 피어난다. 실은 안주인이 정성으로 차려낸 밥상과 사람과의 어울림이 있기에 그 자리는 특별하다.

매화꽃은 곧 질 것이다. 그 꽃이 진 자리에 매실이 열리듯이, 꽃이 지더라도 매화밭 향연의 여운은 따뜻한 추억으로 영글어가리라. 매화 향이야 바람결에 가뭇없이 사라지고 말겠지만, 부부가 베푼 인간의 향기는 그날 참석한 모두의 가슴 속에 남아 있을 것이다. 꽃이 진들 어쩌랴, 내년 봄에도 매화꽃은 피어날 것이고, 우리는 또 매화꽃 그늘 아래서 차를 나누고, 마음을 나누며 만찬을 즐길 테니까.

〈2013. 3.〉

옛길을 달리며

　고속도로 나들목이 보인다. 나도 모르게 긴장하며 핸들 잡은 손에 힘이 들어간다. 강의 때문에 아침마다 고속도로를 달리는 일은 고역이었다. 80킬로 이상 속도를 유지하기 위해 내 눈은 자주 계기판을 쳐다보며 가속기를 밟았다. 100킬로가 넘으면 나도 모르게 간이 오그라들듯 심장이 뛰었다. 도착하고 나면 손에 땀이 흥건했다. 긴장한 탓이리라. 고속도로에서는 잠시도 한눈을 팔지 못하고 오로지 앞만 보고 달려야 한다. 행여 처지기라도 하면 뒤따라오던 트럭이 두 눈을 부라리듯 등을 깜빡거린다. 두렵고 무섭다. 고속도로 공포증이다.

　나는 새것에 대한 낯가림이 심하다. 옷을 사오면 바로 입지 않고 며칠 옷걸이에 걸어 두었다가 입는다. 내 집에서 얼마

동안 두고 낯이 익어야 비로소 내 몸에 걸친다. 별난 습관이다. 몸이 허약하고 겁이 많았던 나는 자라면서 어딜 가는 일이 두려웠다. 낯선 곳에 가면 토하거나 아팠던 기억이 트라우마로 남아 있다. 그래서인지 새로운 길이 나도 자주 다니던 옛길을 고집한다. 잘 아는 길로 가면 주변 풍경을 두루 살피면서 갈 수 있다는 것도 나만이 누리는 즐거움이다. 그런데 고속도로는 내 의지와 무관하게 고속으로 달려야 하는 강제성이 싫다. 그리고 무조건 앞만 보고 달려야 한다. 곁눈을 팔다가는 큰 사고가 날 수도 있으니까.

특별한 경우가 아니면 나는 국도로 다니는 걸 좋아한다. 가는 길 위에서 만나는 우연한 마주침을 좋아하기 때문이다. 내가 국도를 고집하는 이유는 많다. 우선 차를 운전하면서 눈앞에 펼쳐지는 경치를 마음껏 감상할 수 있기 때문이다. 국도변 자연이 보여주는 사계절의 다양한 변주는 매번 다른 의미로 다가온다. 길을 가다 보면 예상치 못한 상황과 마주친다. 초여름이 되면 개울가에 지천으로 피어나는 찔레꽃이 나를 유혹한다. 무더운 여름날 길을 가다가 만나는 소나기는 자연이 연출하는 이벤트가 아닌가. 소나기가 그치면 축축한 흙냄새와 비릿한 여름 산의 공기가 후각을 자극한다.

오래된 시골길을 가노라면 마을을 지키는 당산나무와 산자락에 옹기종기 자리 잡은 마을이 보인다. 동네 어귀에 새겨진 마을 이름도 재미있다. 옛길이 보여주는 화면은 매번 다르다. 또 맘에 드는 장소를 발견하면 잠시 차를 세우고 쉬기도 한다. 얕은 개울에 발을 담그고 먼산을 바라보다가 심심하면 송사리 떼가 군무를 추는 광경을 구경하다가 한량없이 느린 시간을 맛보는 행복을 어디에다 견주랴. 그래서 옛길은 천천히 혹은 느리게 내 맘대로 속도를 조절할 수 있는 것이 매력이다. 뒤따라오는 차가 있어도 먼저 보내면 그만이다.

나의 이런 취향을 비웃기라도 하듯 자본과 토건세력은 끊임없이 새로운 길을 낸다. 속도와 효율성만이 유일한 목표가 된 사람들이 산 밑으로 터널을 뚫고, 고속도로에 버금가는 자동차 전용도로를 닦는다. 그래도 나는 옛길을 못 잊어 가능하면 돌아간다. 활처럼 휘어지는 강을 끼고 달리는 길은 내가 가장 좋아하는 길이다. 굽이쳐 돌 때마다 햇살에 반짝이는 은빛의 강물과 초록의 강변에서 각혈하듯 붉게 피어나던 산나리는 얼마나 고혹적이던가.

옛길을 달리면 나도 풍경이 된다. 부박한 생의 울타리를 넘어 또 다른 상상과 사유가 가능하기에 옛길을 좋아하는지도 모른다. 경산에서 청도로 가는 남성현 고갯길 아래로 터널 공사가 한창이다. 조금만 눈이 내려도 통제를 할 만큼 높고 구불구불한 길이다. 자주 그 길을 오고 간 나는 남성현 고갯길에서 만난 아름다운 풍경을 잊지 못한다. 특히 낙엽송의

새잎이 돋아나는 봄날의 풍경은 압권이다. 터널이 개통되면
시간도 빨라지고 고갯길을 힘겹게 올라가지 않아도 된다. 하
지만 직선의 터널보다 곡선의 고갯길이 나는 더 좋다. 고갯길
을 내려가면 눈앞에 펼쳐지는 복사꽃의 향연은 환상적이다.
한 굽이 돌 때마다 나를 마중하는 풍경과 교감하는 즐거움을
어찌 잊을 수 있으랴. 나는 오래오래 옛길을 달릴 것이다.

〈2012. 1.〉

봄날, 환성사에 가다

해마다 봄이 되면 환성사로 꽃구경을 간다. 수월루水月樓 누각에서 바라보는 봄날의 풍경을 못 잊어서다. 시간의 무게를 견디고 있는 오래된 절집에 벚꽃이 화사하게 피어나는 봄날의 풍경은 역설적이다. 고목이 된 벚나무는 필시 식민지 시절의 상흔이라 짐작은 가지만, 세월이 흐르는 동안 기억은 희미해지고 꽃만 해마다 피어나 중생을 불러들인다. 봄의 환영처럼 잠깐 피었다가 지는 꽃의 시간은 짧고 애틋하다. 올해도 같이 공부하는 주부들과 하양 무학산 자락의 환성사로 김밥을 사서 소풍을 갔다. 수월루와 벚꽃을 배경 삼아 사진도 찍고, 절집의 전설을 음미하며 봄맞이를 하고 왔다.

절이 위치한 자리는 대체로 명당이다. 산속 골짜기에 절집을 짓자니 자연의 기운을 잘 다스려야 했으리라. 산속 깊숙한 곳에 몸을 숨긴 환성사 가는 길은 산 아래 입구에서 시작한다. 좁은 산길을 가노라면 눈이 가는 곳마다 피어나는 봄꽃이 환장하게 아름답다. 겨우내 무채색이던 산골짜기는 갑자기 화사한 옷으로 갈아입고 봄을 치장한다. 농담이 다른 연두와 연한 자색의 어린 새순, 분홍의 산벚꽃이 피어나는 골짜기는 봄 단풍이 들었다. 지난 시절, 고무신을 신고 환성사로 불공을 드리러 갔을 여인들도 골짜기에 피어나는 꽃을 보며 보행의 고단함을 잊었으리라.

환성사는 겨우 명맥만 유지하던 퇴락한 절집이었다. 하지만 팔각으로 멋을 부린 네 개의 기둥이 떠받치고 있는 일주문은 한 시절 영광스러웠던 시간을 증언한다. 환성사는 복원공사 중이다. 넓은 절터엔 주춧돌과 부도가 쓸쓸히 세월을 견디고 있다. 진정으로 부처님을 따르고자 한다면 작은 오두막 한 칸으로도 충분하거늘, 인간의 욕망은 폐사지의 넓이만큼 확장되고 말았다. 수월루는 지금도 훤칠한 인물을 자랑한다. 절마당에서 수월루를 통해 바라보는 바깥의 풍경은 한 폭의 그림이다. 수행자가 머무는 절집의 풍경치고는 지나치게 화려하다. 연분홍 꽃잎이 화르르 바람에 흩날리면 누구인들 감성이 동하지 않으랴. 보름달이 훤하게 떠오르면 수월루 앞 연못에도 달빛이 내려가 수면을 은빛으로 수놓았을 것이다.

환성사 흥망성쇠興亡盛衰의 역사를 품고 있는 전설은 성과 속의 경계를 넘어 범람한 욕망에 대한 형벌이다. 신도가 넘쳐나고, 객승의 방문을 귀찮아했을 정도로 절집의 한 시절은 영화로웠다. 어떤 영광의 시간도 영원하지는 못하거늘, 절제와 금욕의 선을 넘어버린 욕망은 멈추지 못했다. 속계의 욕망에 눈이 먼 주지는 보살의 시주품과 웃음에 파묻혀 망각의 강을 건너고 말았다. 겸손과 청빈의 미덕을 상실한 주지는 신도와 객승의 방문이 귀찮아졌고, 객승의 비방을 따라 연못을 메운다. 그러자 연못 속에 숨어있던 황금 송아지가 서쪽으로 날아가고, 그날로 신도와 객승의 발길도 끊어졌다. 전각이 허물어지고, 요사채 기와가 땅으로 내려올 때마다 번영의 시간도 함께 무너졌다. 일주문의 지붕을 복원하고 불두화가 피어나지만, 그 옛날 스님이 저질렀던 파계의 업보는 끝내 숨기지 못했다. 환성사는 아직도 징역살이 중이다.

환성사 벚꽃을 보려면 시간을 잘 맞추어야 한다. 산 아래보다 기온이 낮은 탓에 개화의 시기가 다르다. 어느 해는 너무 일찍 가서 절집만 보고 내려오고, 어느 해는 너무 늦어서 땅 위에 쓰러진 꽃잎만 본 적도 있다. 일 년 내내 꽃이 피어난다면 그렇게 주목하지도 감탄하지도 않을 것이다. 꽃은 피어나는 그 순간이 전부이며 절정이다. 사나흘 남짓 화려한 개화의 순간을 보여주고 꽃은 낙화한다. 꽃은 진다는 전제가 있기에 애절하고 아름답다. 그렇다. 지금 이 순간이 꽃이요, 봄날이라는 것을 지는 꽃을 보면서 비로소 깨닫는다. 황금 송아지를 소유할 만큼 화려한 환성사의 전설은 지는 꽃잎처럼 허망하다. 자신의 자리를 망각한 채 물욕만 채우려 했던 인간의 허욕도 그와 무엇이 다르랴. 환성사는 알고 있을까. 꽃의 시간도, 봄날도, 인간의 삶도 유한하다는 사실을.

〈2013. 4.〉

그곳에 가면

그곳에 가면 하얀 찔레꽃이 무더기로 피어난다. 마을의 끝자락 저수지 아래에 작은 농장이 있다. 그곳은 도시의 문명과 세상으로부터 완벽하게 고립된 공간이다. 온 사방이 산으로 둘러싸여 있고, 마을 사람들의 시선에서도 자유롭다. 초여름의 산야는 초록의 물기를 가득 머금고서 왕성한 광합성을 하는 중이다. 좁은 농로를 따라 산골짜기로 들어가면 마치 무릉도원에 들어간 듯 아늑하고 평화롭다. 그곳에 가면 뻐꾸기 소리와 맑은 바람과 따뜻한 햇볕을 자양분으로 나무와 채소가 자라고 있다.

작년부터 나는 지인들과 농장을 뻔질나게 드나들었다. 농사일이라고는 아무것도 모르는 내가 이태째 그 골짜기를 자주 방문하는 이유는 여러 가지다. 집에서 30분 거리라서 오고 가는 데 부담이 없다. 그러면서도 아주 먼곳에 여행을 간 듯 착각이 들 정도로 산골의 공간과 풍경, 사람이 기다리기 때문이다. 또한, 마음이 맞는 사람과 이야기꽃을 피우며 일상 을 잠시 잊어버린 채 자유의 시간을 만끽하기도 한다. 무엇보 다 농장주의 넉넉한 마음 밭이 내 발길을 그곳으로 이끄는 요 인이다.

　그림 같은 별장이 있는 것도 아니다. 농장이라는 팻말도 하 나 없는 산골짝의 밭이다. 폐자재를 얻어와 지은 허름한 비닐 하우스와 얼기설기 지은 작은 원두막이 시설 전부다. 교장으 로 정년퇴임을 한 농장주는 매일 그곳으로 출근한다. 퇴직 후 한 일 년은 사회 여러 단체장을 맡아 남은 열정을 불태웠다. 그러나 곧 그만두고 농부가 되었다. 농사에 재미를 붙이자 세 상의 일이 그만 시들해진 것이다. 씨앗을 뿌리고 싹이 돋아나 고 물을 주고 가꾸는 즐거움이 무엇과도 바꿀 수 없는 소중한 행복이라는 것을 알아버렸다.

　농사에 필요한 연장을 하나씩 샀다. 그리고는 마을주민 속 으로 들어가기 위한 작전에 돌입했다. 특유의 친화력으로 주 민 대부분을 내 편으로 만드는 데 성공했다. 눈에 띄거나 지 나가는 사람은 다 불러 커피 한 잔이라도 대접했다. 손님이 사온 고기나 선물도 아낌없이 나누어주자 아랫마을의 할머 니가 제삿밥을 이고 올 정도가 되었다. 어떤 유별난 사람도 그 앞에서는 마음을 열고 이웃이 되었다. 귀농인의 첫 관문을 지혜롭게 통과한 셈이다.

큰길가에 있는 마트에서 구이용 돼지고기와 막걸리 두어 병을 산다. 방문객이 갖추는 최소한의 예의다. 집으로 올 때 바리바리 싣고 오는 답례품에 비하면 약소하다. 직접 재배한 배추와 양념으로 버무린 김장김치는 겨우내 땅속에서 발효되어 맛이 기가 막힌다. 구운 고기와 김치, 밭에서 키운 상추와 쑥갓을 안주 삼아 막걸리 한잔을 곁들인다. 식사를 마치면 각자 필요한 만큼 나물과 꾸지뽕잎을 채취한다. 그 대신 다음 방문객이 가져갈 여분은 꼭 남겨두어야 한다. 그 농장의 규칙이다.

가난한 농부의 아들로 태어난 그는 주경야독으로 교사가 되었다. 어느 정도 자신의 꿈을 이루고 퇴직을 하자 주변 사람에게 작은 나눔이라도 실천하고 싶었다. 연금이 나오니 욕심내어 농사를 짓지 않아도 되었다. 땀 흘려 가꾼 채소나 수확물을 주변 사람과 나누고, 농장의 평상에 둘러앉아 밥 먹는 즐거움을 무엇에다 견주랴. 아침이 되면 밤새 자랐을 새싹이 보고 싶어 눈만 뜨면 농장으로 달려온다. 목이 말라 축 늘어진 상추가 물을 흠뻑 맞고 싱싱하게 살아나는 것을 보면 절로 즐겁다. 척박했던 땅은 기름진 옥토로 바뀌었다. 부지런한 손길과 발걸음 소리를 듣고 자라서인지 농장에서 자라는 생명체는 모두 튼실하다.

그의 삶은 동료나 후배의 본보기가 되고 있다. 해가 뜨면 농장으로 출근해 종일 노동을 하니 심신이 건강하다. 농사일의 지혜를 하나씩 터득해 가는 이야기를 듣노라면 그는 타고난 농부다. 스무 가지가 넘는 것을 심고 가꾸면서 온 정성을 다한다. 오늘도 나는 지인들과 만찬을 즐기고, 갖은 채소를 한 보따리 사서 돌아왔다. 사람을 좋아해서 누구를 동반해도 반갑게 맞아준다. 남은 생을 흙과 함께 보내는 그는 행복한 노년을 보내며 인생 후반부를 멋지게 살아간다. 그의 곁에서 나도 즐겁다. 그곳에 가면 개구리 울음소리가 관현악처럼 울려 퍼진다.

〈2013. 5.〉

걷기예찬

강둑길을 걷는다. 발밑에서 느껴지는 자갈의 감촉과 소리가 정겹다. 산 아래 동네에서 오래 살다가 강변으로 이사를 왔다. 처음에는 매일 오르내리던 산을 못 잊어 차를 타고 이동하는 번거로움을 감수하면서까지 산으로 갔다. 가파른 산길을 오르면서 심장이 뛰는 박진감과 온몸의 피가 요동치는 육체성을 느끼며 내가 살아 있음을 확인할 수 있었다. 그에 비하면 강변 산책은 아무래도 밋밋했다. 고도의 변화가 없는 평지를 걷는 일은 반복되는 집안일을 하는 것처럼 시시하고 평면적이었다.

겨울이 지나고 봄이 되자 강변의 풍경이 날마다 달라졌다. 흙이 있는 곳에는 어김없이 파릇한 새싹이 돋아났다. 개나리를 시작으로 민들레, 꽃다지, 제비꽃까지 앞다투어 피어나는 봄꽃의 향연 앞에 나는 옛 동네에 대한 고집을 내려놓고 말았다. 그렇게 꽃에 맘을 붙이는 사이 다리 건너 과수원에 눈길이 머물렀다. 과수원을 끼고 있는 강둑으로 발걸음을 옮겼다. 아파트에 살면서 과수원 길을 걷다니 이런 행운이 또 있을까. 자두꽃, 복숭아꽃, 파꽃과 감자꽃이 만발한 강둑을 걸으면서 나는 날마다 그 꽃들과 눈을 맞추고 사진을 찍었다.

다리와 다리 사이를 반환점 삼아 한 바퀴 돌면 한 시간 정도 걸린다. 느린 걸음으로 걸으면서 하늘도 쳐다보고, 회청색으로 저무는 산도 보고, 계곡 사이로 피어오르는 물안개의 군무도 감상한다. 엷은 구름이 낀 날에는 장려한 노을이 하늘에 펼쳐진다. 노을은 자연이 연출하는 최고의 명작이다. 무엇보다 날마다 다르게 다가오는 풍경을 바라보는 즐거움이 크다. 작은 풀꽃이 피워 올리는 원색의 색감은 어디에서 온 것일까. 날마다 초록이 짙어가는 강변은 생명의 원초적 바탕색이 초록임을 말해 준다. 식물들은 봄볕을 자양분 삼아 왕성한 산란을 하는 중이다.

초여름이 되면 강둑에는 강아지풀과 개망초꽃이 흐드러지게 피어났다. 연초록의 강아지풀은 생김새부터 동심을 자극한다. 너무 흔해 잡초라고 구박했던 강아지풀이 화초보다 더 아름답게 느껴진다면 지나친 과장인가. 외형적인 미학보다는 강아지풀로 환치되는 유년기에 대한 막연한 그리움 때문인지도 모른다. 나이가 들면서 새록새록 살아나는 옛 기억은 하찮은 풀꽃 하나에도 애틋한 정을 느끼게 한다. 소가 좋아하던 바랭이도 무성하다. 직접 소꼴을 해본 기억은 없다. 하지만 동네 남자아이들이 초록의 바랭이를 꼴망태에 가득 싣고 지나가면 풀향기가 코끝을 스쳐 가곤 했었다. 나는 바랭이를 맛있게 먹던 소의 모습에서 말할 수 없는 평화로움과 포만감을 맛보았다.

자연은 시시각각 다른 풍경을 내게 펼쳐 보여준다. 내가 마주치는 대상인 풍경과 나 사이에는 날마다 다른 변주가 가능하다. 그래서 같은 길을 걸어도 지루하지 않아서 좋다. 강둑을 걸으면 계절의 변화를 온몸으로 느낀다. 또한, 자연이 품고 있는 생명의 기운을 호흡하면서 내 모든 감각을 활짝 열어젖힌다. 삶의 압박에서 오는 짜증과 피로가 시나브로 정화된다. 걷는 동안 시간에 결박당한 채 쫓기듯 살아온 일상의 긴장을 잠시 내려놓는다. 삶을 시간이라는 궤도에 맞추다 보면 속도와 경제성의 원리를 따라가야만 한다. 그러나 강둑이라는 공간에서 보내는 한 시간 남짓 동안 나는 주변의 자연과 교감하면서 비로소 마음의 빗장도 내려놓는다.

다비드·르·부르통은 《걷기예찬》이라는 글에서 "걷는 사람은 모든 것을 다 받아들이고, 모든 것과 다 손잡을 수 있는 마음으로 세상의 구불구불한 길을, 그리고 자기 자신의 내면으로 난 길을 찾아가게 된다."라고 했다. 걷는 동안 나는 내 안의 나와 끊임없이 대화한다. 머리에 떠오르는 이런저런 상념을 지웠다가 불러오곤 한다. 오롯이 나와 마주하는 시간이다. 자동차를 타고 지나갈 때는 사물은 그냥 스쳐 가거나 겉만 보게 된다. 걷다 보면 온 사방의 존재가 나한테 말을 걸어온다. 나도 그들에게 기꺼이 화답한다. 나는 요즘 과수원에서 피어나는 연분홍 복사꽃의 아름다움에 빠져 있다. 내일도 나는 간소한 저녁을 먹고 강둑으로 산책하러 갈 것이다.

〈2013. 4.〉

여행을 떠나요

　나는 자주 보따리를 싸서 집을 나선다. 꽤 오랜 세월 동안 지도를 펼쳐놓고 유명한 관광지나 문화유적지를 찾아 국토 순례하듯 여행을 다녔다. 요즘은 가능하면 단체에 얹혀 따라 가는 편이다. 장거리 운전에 따른 부담도 없고, 무엇보다 프 로그램이 알차기 때문이다. 여행 보따리는 가능하면 간소하 게 꾸린다. 오랜 경험에서 터득한 지혜다. 뭘 많이 보고 여러 곳을 다니겠다는 욕심도 줄인다. 그래야 후유증을 덜 수 있 다. 다음날 일상으로 복귀해야 하는 나는 무리한 욕심이 화 를 부른다는 것을 잘 알고 있다. 그래서 여행의 시간이나 횟 수보다는 질을 먼저 고려한다. 단순한 일상의 탈출이 아닌 편안한 휴식과 색다른 경험에서 오는 충만한 기쁨을 우선 가 치에 둔다.

6월 초와 7월 중순에 나는 참으로 의미 있고 즐거운 여행을 다녀왔다. 지역 문화예술단체인 예술마당 솔과 충남역사박물관이 공동 진행한 '충남여성 문학기행' 과 대구소설가협회가 하동의 평사리문학관에서 진행한 '현진건 문학의 밤 ' 행사였다. 운 좋게 참가신청을 한 나는 아주 저렴한 비용으로 두 행사에 참가하여 멋진 여행을 다녀올 수 있었다. 문화유적지 답사와 문학 강의, 음악회가 어우러진 프로그램이었다. 상업성이 배제된 문화여행이었기에 돌아와서도 여운이 오래갔다. 숙소도 호텔이나 펜션이 아닌 전통 한옥에서 자고, 지역민이 직접 만든 음식을 맛볼 수 있어서 좋았다. 쉼 없이 내리는 장맛비도 여행의 맛을 더해주는 양념이었다.

두 단체 모두 관계기관의 지원금을 받아 일반 시민과 함께한 문화행사였다. 지역의 문화단체가 프로그램을 짜고, 관계기관이 경제적 지원을 하고, 회원과 시민이 참여하는 구도가 형성된 것 같다. 시민의 문화적 욕구는 날로 높아지고 있다. 이제는 먹고 마시고 구경하는 것만으로는 만족하지 않고 고급문화 소비자로 승격되기를 원한다. 더 나아가 직접 참여하거나 생산자로 탈바꿈하는 중이다. 정해준 코스대로 장소를 이동하면서 풍경만 보는 여행은 별 재미가 없다. 골목길도 걸어보고 특정 공간이 지닌 역사나 의미를 이야기로 들으면서 여행자는 비로소 낯선 풍경에 마음으로 다가간다. 감동이 없는 시간은 지루하고 고단함만 더해줄 뿐이다.

한국인은 휴가도 전투하듯이 치른다는 글을 보고 고개를 끄덕인 적이 있다. 연중 한 달 이상은 휴가를 즐기는 프랑스인은 바닷가에서 독서를 하거나 낮잠을 자면서 말 그대로 푹 쉰다고 한다. 최근 한 대선후보가 '저녁이 있는 삶'을 구호로 내걸었다. 우리네 일상이 그만큼 팍팍하고 여유가 없다는 것을 역설적으로 말해주는 듯하다. 재독 철학자 현병철의 주장대로 한국사회는 피로사회다. 자본주의가 추구하는 성과주의에 매달려 긍정성의 과잉과 효율성의 극대화를 추구하는 현대인은 결국 우울증환자로 전락한다는 것이 그의 주장이다. 그래서 휴가철이 되면 사람들은 탈출하듯이 여행을 떠나는지도 모른다.

직업상 일의 수행이나 인간관계가 긴장 속에서 이루어진다면 휴식이나 여행은 이완의 시간이다. 긴장과 이완이 적절하게 조화를 이룰 때 능률도 오르고 스트레스도 덜 받는다. 일상 공간의 탈출에서 오는 해방감은 삶의 에너지를 재충전해준다. 프랑스 출신의 소설가인 마르셀 프루스트는 "진정한 여행의 발견은 새로운 풍경을 보는 것이 아니라 새로운 눈을 갖는 것이다."라고 말했다. 새로운 눈을 가지려면 풍경에 대한 해석이 가능해야 한다. 해석은 풍부한 배경지식과 다양한 관점이 있어야 더 풍성해진다. 내 경험으로는 전문가의 해설과 정서가 비슷한 동행자의 문화적 교양이 만날 때 여행의 즐거움은 배가 된다. 일상이 지루하거나 삶이 피로해지면 나는 또 떠날 것이다. 지금 라디오에서 이런 노래가 흐른다. "푸른 언덕에 배낭을 메고 황금빛 태양 축제를 여는 광야를 향해서 계곡을 향해서 여행을 떠나요 ~"

〈2012. 8.〉

발길 닿는 대로

　늦은 아침을 먹고 집을 나섰다. 친구의 고향인 춘천에 가서 닭갈비도 먹고 공지천에 가서 차를 마시기로 했다. 그 두 가지 외에는 어떤 계획도 없었다. 그냥 발길이 닿는 대로 이곳저곳을 다니다가 힘들면 돌아오기로 했다. 그런데 경춘선 전철을 타고 가다가 갑자기 계획을 변경했다. 김유정역이라는 역명이 내 눈에 확 다가왔기 때문이다. 문학도인 내게 그곳은 꼭 가보아야 할 순례의 장소가 아니던가. 예정에 없던 그곳에 내렸다. 우리는 느리게 한나절 동안 실레마을과 김유정문학관, 실레이야기길 등을 돌아다녔다.

　느지막한 오후에 춘천에 도착했다. 춘천 닭갈비를 맛보고 시내에서 공지천까지 걸었다. 한적한 소도시의 풍광을 천천히 음미하면서 이야기를 나누었다. 춘천이라는 도시와 관련된 청춘의 추억을 더듬으며 우리는 마음껏 웃었다. 쓸쓸했지만 즐거웠다. 공지천 언저리 오래된 찻집에 들러 시원한 팥빙수와 냉커피를 마시며 하염없이 흐르는 강물을 바라보았다. 우리의 생도 저렇게 흘러가거늘, 무에 그리 집착하고 아파하는지…. 많이 보고 여러 군데 다니겠다는 욕심을 비우니 여유가 흘러넘쳤다. 해가 지기 전에 우리는 다시 서울로 돌아왔다.

매일 반복하는 궤도를 탈주한다는 것만으로도 마음이 날개를 달고 날아올랐다. 일상의 공간을 떠나 낯선 공간으로 가면 머리가 맑아진다. 우리의 뇌가 새로운 곳에 적응하기 위해 기존의 길든 회로를 이탈하기 때문이다. 일상의 업무를 수행하던 나의 뇌 회로는 무척 지쳐 있었다. 여행은 기존의 신경회로를 잠시 쉬게 하고 새로운 회로로 들어선다는 것을 의미한다. 낯선 공간은 잠자던 감각을 자극한다. 시선을 통해 들어오는 낯선 풍경과 냄새와 공기에 적응하려는 세포가 일제히 기립한다. 긴장감과 해방감이 교차한다.

여행가기 전부터 준비에 대한 작업이 시작된다. 유명 여행 블로그를 검색하고 준비물을 챙긴다. 그러다 보면 선험자의 시각에 내 생각이나 감성이 갇혀버릴 수도 있다. 나만의 시선으로 대상을 바라보고 느껴야 하는데 말이다. 내 발길이 닿을 수 있는 모든 곳을 꼼꼼히 검색하여 최대치의 프로그램을 준비한다. 벼르고 벼르던 여행길이니 이참에 발길이 닿는 곳은 다 보고, 경험하고 가야 한다는 강박증이 작동한다. 발바닥이 따갑도록 돌아다닌다. 실은 내가 경험하고 느낄 수 있는 범위는 한정된다. 한 인간이 가진 체력과 인지능력, 기억의 용량은 제한적이기 때문이다.

진정한 여행은 발길 닿는 대로 떠났다가 돌아오는 과정 그 자체가 아니던가. 여행의 즐거움은 예상치 못한 사건과 마주치면서 우연히 발생한다. 철학자 질 들뢰즈는 《프루스트와 기호들》에서 "진리는 어떤 사물과의 마주침에 의존하는데, 이 마주침은 우리에게 사유하도록 강요하고 참된 것을 찾도록 강요한다."라고 말한다. 그렇다. 길을 나서면 항상 예상치 못한 풍경과 마주친다. 그러면서 나와 마주한 세계를 새로운 시선으로 바라보고 사유하게 한다. 또한, 지나간 과거나 오지 않는 미래보다 지금, 여기에서 나를 발견하는 기쁨을 맛본다.

실은 여행은 고된 노동의 과정이다. 몸과 마음이 긴장한 채 목적지를 향해 바쁘게 움직이기 때문이다. 젊은 날에는 나도 엄청난 에너지로 여기저기 돌아다녔다. 가능하면 우리 국토 구석구석을 다 가보고 싶었다. 미지의 영토를 향한 인간의 욕망은 원초적이다. 그런데 시간이 흐를수록 느리고 여유 있는 여행을 하고 싶다는 열망이 강해진다. 지도를 펼쳐보면 도시와 도시 사이에 수많은 마을이 존재한다. 우리는 자동차를 타고 오로지 도로만 달린다. 그 작은 마을마다 얼마나 많은 역사와 보물이 숨어 있는가 말이다.

이번 여행은 한 학기 동안 지친 심신을 달래고자 떠난 것이었다. 가능하면 머리를 비우고 싶었다. 그래서 아무런 계획이나 목적도 염두에 두지 않았다. 내 몸과 마음이 시키는 대로 내맡겼다. 우연히 내린 실레마을에서 나는 김유정이 남긴 그의 작품을 다시 음미하며 김유정이란 작가를 새롭게 발견했다. 예정에 없던 만남이고 발견이었다. 발길이 닿는 대로 내 마음도 유랑의 시간을 보냈다. 나는 새로운 기운을 충전하여 마음의 여유를 가득 안고 돌아왔다.

〈2013. 7.〉

늦은 깨달음

한낮의 절집은 적요했다. 고요함을 넘어선 적막감은 뜻밖의 선물이었다. 사람의 그림자가 보이지 않는 절 마당에는 늦봄의 햇살이 한가로이 거닐고 있었다. 가끔 불어오는 바람만이 검붉은 비단결의 목단꽃을 흔들고 지나갈 뿐, 휴일인데도 인적이라고는 없었다. 세상살이에서 지친 마음을 위로받고 새 기운을 충전하고자 올라간 절집은 아늑했다. 소음이 완벽하게 차단된 그곳에서 나는 침잠하고 싶었다. 다행이었다. 요사채 툇마루에 앉아 눈을 감고 풍경소리를 들었다. 하염없는 평화를 호흡하며 복잡한 생각을 내려놓았다. 나는 혼자서 깊은 심심함을 만끽하고 있었다.

어디선가 인기척이 났다. 회색 옷을 입은 보살이 우리를 보고 반가워하며 합장을 했다. 나도 일어나 두 손을 모으고 인사했다. 동행한 지인은 부처님을 섬기는 사람이었다. 뒤로 한 발 물러서서 어색해하는 나와는 달리 두 사람은 대화를 나누었다. 보살은 차라도 한잔 마시고 가라며 우리를 종무소 방향으로 이끌었다. 보살은 앞장서서 걸어갔다. 나야 원래 불자가 아닌 관람객인지라 종무소 앞에서 멈칫거렸다. 지인도 해우소로 향했다. 우리 둘 다 보살님의 바람과는 달리 절 입구로 내려오고 말았다.

나지막한 철제 담장을 넘어 은행나무 아래 바위에 걸터앉았다. 산자락의 참나무 군락지에는 햇살에 반짝이는 연둣빛 이파리가 눈부시다. 지난겨울 엄혹한 추위를 체험한 뒤인지라 올해의 봄 햇살은 여느 해와는 느낌이 달랐다. 한가로운 시간을 좀 더 누리고 싶었다. 두런두런 이야기를 나누는데 보살님의 격앙된 목소리가 들렸다. 조금 전과는 사뭇 다른 억양과 톤이었다. 당장 그곳에서 나오라는 호통이었다. 우리는 담임선생님께 잘못을 들킨 아이처럼 당황스러웠다. 미안하다고 사과를 하고 얼른 그 자리에서 일어났다.

나무를 보호하기 위해 뿌리 부분이나 가지를 만지지 말라는 작은 경고문을 보았다. 몇 차례 그곳을 가보았던 나는 바위에 걸터앉는 행위는 그리 큰 잘못은 아니라고 여겼다. 그 보살의 목소리에 분명 감정이 실려 있었다. 그녀는 우리가 종무소로 가서 연등이라도 하나 신청하리라 잔뜩 기대했던 모양이다. 자신의 바람이 어긋난 데 대한 보복성 질타였다. 그리고 보니 사월초파일이 가까워져 오는데 연등의 수가 너무 적었다. 수년 전만 하더라도 이맘때쯤 절에 가면 불자와 그 가족의 이름표가 달린 오색연등이 물결치고 있었다. 그런데 올해는 내가 보기에도 눈에 띄게 연등이 줄었다. 산 아래 세상의 불경기가 절집에까지 미친다는 것을 여실히 보여주었다.

실은 부처님을 뵈러 간 것이 아니었다. 절집 앞 은행나무를 보려고 거친 숨소리를 토하는 자동차를 몰고 산길을 올라갔다. 800살이 넘었다는 은행나무는 신령스러움을 자아냈다. 나무에도 혼령이 있다는 사실을 그 은행나무 앞에 설 때마다 느낀다. 나무도 생로병사의 과정을 겪지 않던가. 나무껍질이 비늘처럼 달라붙은 고목의 껍질을 쓰다듬어 보았다. 생명의 경이로움 앞에 숙연해진다. 수많은 어린잎에 수액을 배달하며 노구를 지지대에 의지하고 서 있는 고목이 힘들어 보였다. 어미나무의 썩은 부분을 잘라낸 자리에 시멘트를 발라놓았다. 나무도 생명체라면 늙어 지친 고목에게 자연사할 권리를 주어야 하지 않을까. 노목의 늙음이 눈물겨웠다.

그리고 보니 나는 늘 공짜로 절집을 드나들었다. 불자가 아니니 부처님 앞에 불전을 놓을 일도 없었고, 연등을 다는 일도 없었다. 절집에서 얻는 마음의 안식과 위안의 가치를 경제적 수치로 계산하자면 나는 늘 공짜로 치유를 받은 셈이다. 부처님의 집을 무시로 드나들면서 그 사실을 깨닫지 못했다. 가끔 마음 좋은 주지 스님과 마주치면 향기로운 차도 얻어 마시는 대접도 받았다. 무례를 저지르면서도 잘못인 줄도 모르고 살았던 것이다. 처음에는 솔직히 보살의 속내가 실망스러웠다. 그런데 곰곰이 생각해보니 나도 그동안 절집 구경만 열심히 다녔지 부처님의 말씀 한 구절도 실천하지 못했다는 자책감이 밀려왔다. 불자가 아닐지라도 부처님 전에 작은 정성이라도 올리리라 다짐한다.

〈2013. 5.〉

시월의 마지막 밤에

시월의 마지막 밤이다. 가을이 깊어지자 며칠 전부터 그날
은 그냥 지나갈 수 없다는 비장함으로 주변이 수런거렸다.
이 부산함의 원인은 한 곡의 노래 때문이었다. "지금도 기억
하고 있어요 / 시월의 마지막 밤을 / 뜻 모를 이야기만 남긴
채 / 우리는 헤어졌지요" 가수 이용이 부른 이 노래가 사건을
유발한 원인이었다. 온 종일 라디오에서 이 노래가 나왔고,
야구 중계방송의 여는 말도 시월의 마지막 밤이라는 수식어
로 장식했다.

나도 무언가를 하지 않으면 안 될 것 같았다. 무슨 날을 기
념하는 이벤트 따위는 무시하며 살았던 나도 그냥 지나가기
에는 뭔가 허전했다. 그러나 생일잔치도 쑥스러운 마당에 지
나간 대중가요를 빌미로 무슨 일을 벌인다는 것이 어색했다.

자본주의가 만든 기획 상품에 휩쓸리지 않고 나름 중심 잡고 살다며 자부하던 내가 아니던가. 속물근성인들 어쩌랴 싶었다. 참았던 욕망이 슬그머니 고개를 쳐들었다. 어쨌든 지인들과 함께 음악회를 가기로 하고 예약을 했다.

소극장에 관객이 꽉 들어찼다. 유명 가수의 대극장 공연과는 다른 친밀감이 느껴졌다. 동네밴드의 공연과 무명가수의 노래는 잠자던 감성을 일깨우며 나를 흥분시켰다. 가수의 표정과 연주자의 몸짓을 함께 호흡하면서 열기가 달아올랐다. 무대에 선 사람들과 객석의 관객이 모두 일어나 춤을 추고 노래를 불렀다. 그 공간에서만은 완전한 자유인이 되고 싶었다. 마지막 곡 '잊혀진 계절'을 함께 부르며 오랜만에 희열감이 차올랐다. 살아있음이 행복했다.

왜 이토록 난리란 말인가. 10월 31일은 해마다 돌아오는 달력의 하루 일 뿐이다. 물론 개인에 따라서 특별한 날이 될 수는 있겠지만. 무슨 국경일도 아니고 역사적 인물이 태어나거나 죽은 날도 아닌데 말이다. 이유는 이 노래가 486세대의 정서와 맞닿아 있기 때문이리라. 그리고 그 세대는 사회의 주역에서 밀려나 퇴직자의 대열에 선 이들이다. 무엇보다 이 노래는 지금 중년이 된 그들의 청춘 시절에 유행한 노래가 아니던가. 속절없이 가버린 청춘과 적잖은 나이가 주는 상실감과 늦가을의 정서를 이 노래가 잘 대변해주는 이유도 한몫한다.

지난여름 지나간 태풍의 위력은 수십 년을 버텨온 나무를 쓰러뜨렸다. 뿌리째 뽑혀 산길에 쓰러진 거목의 모습은 처참했다. 신자유주의의 광풍은 삶을 뒤흔들고 마음을 벼랑으로 내몰았다. 대학을 졸업하고도 날마다 도서관으로 출근하는 맏자식의 뒷모습이 가슴 아프다. 온종일 학교에서 공부 전쟁을 치르는 둘째도 안쓰럽기는 마찬가지다. 치킨집을 열어 휴일도 없이 일했건만 남은 것은 빚뿐이다. 이제 더는 물러설 곳도 없이 절박하다. 생의 무게를 견디지 못하고 쓰러진 동창들 소식도 자주 들려온다. 그런 소식을 들을 때마다 가슴이 철렁한다. 벼랑 끝에 선 486세대의 우울한 자화상이다.

내 나이도 가을 이맘때쯤에 다다랐다. 첫사랑의 이별을 그리워하는 통속적인 노랫말 때문에 견고하던 이성이 속절없이 무너지고 말았을까. 좀 더 솔직히 고백하자면 지친 나를 위로받고 싶었다. 아직 가야 할 길은 먼데 주머니도 비고, 신발도 너덜거린다. 세상 무서운 것 없었던 자신감도 열정도 사라졌다. 걸어온 길을 뒤돌아보니 아득하다. 무채색의 대지에 화사한 꽃 수를 놓던 봄날이 엊그제 같은데 벌써 가을의 끝자락이다. 형언할 수 없는 바람이 휑하니 지나간다. 떨어진 낙엽 위로 묵직한 슬픔이 내려앉는다.

또 한 장의 달력이 넘어간다. 인디언 부족인 아라파호족은 11월을 '모두 다 사라진 것은 아닌 달'이라 부른다고 한다.

그렇다. 시월의 마지막 날이 끝이 아니듯이 삶은 이어질 것이다. 무엇을 잃어버린 듯 허전하고 억울한 심정이 드는 것도 사실이다. 하지만 가을의 조락이 지닌 의미를 생각한다면 삶이 그리 허망한 것도 아니리라. 비우면 그 자리에 무언가가 채워진다는 진리를 알만한 나이다. 가을의 절정인 만추의 시간이다. 그래서 더 눈물겹다. '가을밤의 난리 블루스' 음악회에 가서 난리를 떨고 온 나는 쉬이 잠이 오지 않았다. 시월의 마지막 밤에 나는 이 원고를 썼다.

〈2012. 10.〉

가을걷이

　가을걷이한다는 전갈이 왔다. 농장의 가을 풍경이 궁금했다. 지난여름 불볕더위와 가뭄 속에서 살아남아 열매를 맺은 모습이 보고 싶었다. 사람도 더위를 견디기 어려웠는데 자연인들 오죽했으랴. 농장으로 가는 길의 가을 들판은 익어가는 벼로 그득했다. 연두와 진노랑이 변주하는 벼의 빛깔은 안온하고도 풍요로웠다. 산천초목은 카키색으로 짙어가고, 가을 풀꽃도 소소하게 피어나고 있었다. 자연은 시나브로 저 혼자 무르익고 있었다.

　몇 달 만에 가보니 농장은 녹음이 우거졌다. 나무도 쑥쑥 자라 있었다. 시간의 흐름을 고스란히 느낄 수 있었다. 고욤나무에도 감나무에도 작은 열매가 주렁주렁 매달렸다. 한편으로는 여름 가뭄의 흔적도 곳곳에 보였다. 물을 충분히 먹지 못한 작물은 작고 껍질이 딱딱했다. 뜨거운 열기와 목마름을 견디고 살아남아 열매를 맺은 것이 기적이 아닌가. 내가 무더위를 핑계로 집안에서 게으름을 피우는 사이 자연은 태양을 자양분 삼아 충실히 열매를 키웠으리라. 장하다고, 수고했다고 상찬의 말을 해주고 싶었다.

농장에 도착하니 평상 위에는 주인 내외가 따놓은 농작물로 어지러웠다. 호박과 가지, 고추, 수세미, 여주, 부추 등 농장에서 키운 수확물을 전시해 놓았다. 색깔은 또 얼마나 진하고 예쁘던지. 빨강과 노랑과 보라, 주황, 초록으로 채색된 천연의 빛깔은 눈부셨다. 신이 부여한 씨앗 속 빛깔을 바람과 햇살과 흙의 기운으로 발현한 것이런가. 크기도 굵기도 제각각이다. 그래도 하나하나 들여다보면 신기하고 사랑스럽다. 꼬부라진 작은 가지는 애처롭기도 했다. 씨앗을 심고, 싹이 돋아나고, 작은 열매가 맺고, 굵게 영그는 과정에도 자연의 섭리가 작동된 것이리라.

주인의 말을 듣자니 수확물이 그저 얻어진 것이 아니었다. 지난여름 가뭄이 계속되자 물이 모자랐다. 산 중턱 물탱크에 저장한 물을 허드렛물로 동네에서 공동으로 사용하는데, 가뭄이 들자 아랫동네에서 물을 빼가는 바람에 마을 위에 자리한 농장은 자주 물이 끊겼다. 호박이나 수세미, 가지가 목이 말라 축 늘어진 것을 보면 주인의 목도 타들어 가는 듯했다.

새벽같이 달려와 물을 길어다 부어주었다. 겨우 목을 축인 농작물이 싱싱하게 살아나는 것을 보면서 온몸에 흐르는 땀도 닦을 겨를도 없었다고 한다.

고추를 땄다. 그 가녀린 몸에 어찌 그리도 많은 고추가 달렸을까. 잔가지 끝까지 열매를 맺은 고추의 생산성은 놀라웠다. 며칠 후면 또 열매가 달린다니 과연 다산의 여왕다웠다. 따온 고추는 큰 것, 작은 것, 벌레 먹은 것으로 분류했다. 말릴 고추와 간장에 삭힐 고추, 풋고추로 나누어 담았다. 내가 키운 것은 아니지만, 고추를 딸 때의 손맛은 짜릿했다. 조금씩 차오르는 바구니를 바라보는 것도 즐거웠다. 이런 재미로 농사를 짓는구나, 라며 혼자서 주억거려 보았다. 한 줄기 가을바람이 목덜미의 땀을 슬쩍 닦아주고는 금방 달아났다.

밭에서 수확한 채소로 가을걷이 잔치를 하기로 했다. 가지도 썰고, 애호박도 썰고, 부추도 준비하고, 풋고추도 반으로 잘랐다. 고소한 냄새가 산골의 바람을 타고 사방으로 퍼져나갔다. 금방 딴 채소로 구운 부침개는 달고도 향기로웠다. 재료가 신선하니 자연 고유의 향이 그대로 느껴졌다. 가을걷이 잔칫상은 조촐하고도 풍성했다. 노릇노릇하게 구운 부침개를 안주 삼아 막걸리로 축배를 들었다. 수고한 농장주와 잘 자라준 농작물과 신에게 감사의 잔을 올렸다. 왁자한 웃음과 푸짐한 안주와 한 잔의 술을 앞에 두고 마음이 가득 차올랐다.

돈을 목적으로 짓는 농사가 아니라서 농약을 가능하면 안 친다. 농사는 풀과의 전쟁이라더니, 그 풀을 보금자리 삼은 벌레도 한몫 거든다. 그래서 벌레가 반은 먹어치운단다. 그런들 어쩌랴. 벌레가 살지 못하는 땅에서 키운 것은 보기는 좋을지라도 자연의 기운은 담지 못한다. 땅이 살아야 인간도 건강한 먹거리를 먹을 수 있다는 것을 자연은 무언으로 가르쳐 주었다. 그러기 위해서는 생산자인 농민과 소비자가 함께 의식이 바뀌어야 한다. 가을걷이한 수확물을 나누었다. 인심이 넉넉한 주인은 조금이라도 더 담아주려 하고, 받는 이는 사양하느라 잠시 소란스러웠다. 물 한번 주지 않고 받으려니 내 손이 얼마나 부끄럽던지.

집으로 돌아오는 길에 나는 라이나 마리아 릴케의 시 〈가을날〉을 읊조렸다. "주여, 때가 왔습니다. / 지난여름은 참으로 길었습니다. (…) // 들에다 많은 바람을 놓으십시오. / 마지막 과일을 익게 하시고 / 이틀만 더 남국의 햇볕을 주시어 / 그 열매들이 무르익도록 단맛이 스미게 하소서."

서녘 하늘에 노을이 붉게 물들고 있었다.

〈2013. 9.〉

3 부

심안心眼과 혜안慧眼

수능과 무기징역

첫 아이가 입시시험을 치던 날이었다. 아침에 도시락과 준비물을 챙겨 시험장까지 데려다 주었다. 집으로 돌아온 나는 조용한 산사에라도 갈 요량으로 준비를 서둘렀다. 그런데 문득 도시락에 수저를 챙겨주지 않은 것이 생각났다. 앞이 깜깜했다. 점심시간에 도시락 가방을 열어보고 당황해 할 아이를 생각하니 가슴이 다 벌렁거렸다. 뛰는 가슴을 가라앉히고 방법을 찾아야 했다. 교무실로 전화를 걸어 사정을 말하고, 아이에게 나무젓가락 배달을 부탁했다. 세월이 흘렀지만, 그날의 일은 잊을 수가 없다. 내가 대학입학 시험을 치던 날보다 더 긴 하루였다.

올해도 예외는 아니었다. 수험생이 있는 집은 온 집안에 계엄령이 내렸다. 주변 사람이 절대로 해서는 안 되는 금기의 말이 몇 가지 있다. 원서를 어느 학교에 넣었는지, 또 붙었는지 혹은 떨어졌는지를 본인이 발설하기 전에 물으면 무기징역형을 각오해야 한다. 농언이지만, 대학입시는 가족은 물론 주변 사람까지 긴장하게 하는 국가적 대사다. 한국 사회에서 대학은 개인의 삶뿐만 아니라 집안의 흥망을 결정할 만큼 절대적이다. 자녀가 명문대에 들어가면 모든 것이 용서되고, 그 아이의 엄마는 신사임당의 후예로 격상하여 존경의 대상이 된다. 반대로 아이가 그렇고 그런 대학에 가면 엄마도 죄인이 되어야 한다.

그래도 예전에는 개천에서 난 용들의 전설 같은 성공담이 인구에 회자하기도 했다. 가난을 이겨내고 명문대에 입학한 용들의 신화는 우리 사회의 등불이자 가족의 희망이었다. 이제 이런 신화의 시대는 갔다. 명문대와 의대 진학률을 기준으로 볼 때 최상위 가정의 학생이 최하위의 17배라는 통계수치가 나왔다. (〈경향신문〉11월 6일 보도) 부모의 경제력이 자식의 미래에 절대적 조건임을 말한다. 그런데 겨우 20살에 선택한 대학이 나머지 인생을 결정짓는다는 것은 너무 가혹하지 않은가. 또 재벌 회장을 할아버지로 두지 못한 것은 아이의 선택이나 책임이 아닌데 뭔가 잘못된 것 같다.

명문대 졸업장이 한국 사회에서 가지는 위력은 대단하다. 문인들도 자신의 프로필을 쓸 때 소위 명문대를 나온 사람은 꼭 출신학교 이름을 넣는다. 사회적 지위가 약한 여자들은 더하다. 이런 문제에서 자유로울 수 있는 사람이 과연 얼마나 될까. 우리의 욕망이 개인의 영역보다 사회적 영역에서 인정받는 것에 익숙하기 때문이리라. 문제는 자식의 성공을 곧 부모의 성공으로 연결하는 의식의 고리다. 실은 부모와 자식은 별개의 존재인데 말이다. 또한, 명문대학 입학이 삶의 행복으로 직결되는 절대적 요소는 아니라는 사실이다. 이런 말을 하는 나도 실은 좀 찔린다. 메이저리그에서 탈락한 자의 변명 같아서.

강의하다가 어쩌다 교육문제가 화제로 떠오르면 그날 강의는 종 친다. 우리나라 아줌마들은 모두 명예 교육학 박사다. 평상시 토론의 경험이 별로 없는 사람도 교육이 화제가 되면 침을 튀기면서 논쟁한다. 특히 초등학생 엄마들이 가장 열성적으로 발언한다. 교육문제만큼은 오천만 국민이 모두 전문가다. 그들보다 먼저 두 아이를 키운 나는 느긋하게 바라본다. 대학입시는 해마다 반복될 것이다. 제도상 변화야 있겠지만, 적어도 명문대 입학이 지닌 본질적인 속성은 변하지 않을 것이다. 어쩌면 자본주의 체제에서 완전히 이탈하여 혁명적 삶을 살아가지 않는 이상 명문대를 향한 욕망의 바퀴도 멈추기 어려우리라 본다.

최근 미국에서 화제가 된 《아이가 성공하는 법(How

children succeed)》이란 책에 이런 말이 나온다. 아이의 성공을 결정짓는 것은 지능이 아니라 성격이 그 핵심이라고. 즉 지능지수로 대변되는 인지적 능력이 아니라 용기, 끈기, 호기심, 성실성, 자기조절, 자기확신, 긍정적 태도 등의 비인지적 능력이 성공을 위한 중요한 요소라고 한다. 이쯤에서 늦었지만, 질문을 던져보자. 과연 성공이 무엇이며, 누구를 위한 성공인가를. 진정 아이가 성공하기를 바라는 부모라면 이 말을 한 번쯤 곱씹어 봐야 하리라. 가끔 지인의 자녀가 명문대에 입학했다는 소식은 듣지만, 그 아이가 무슨 일을 하면서 얼마나 행복한 삶을 살고 있는지에 대한 후속 풍문은 듣기 어렵다. 그런 질문도 하면 안 된다. 그 아이 잘살고 있느냐고 물으면 사형에 처할지도 모르니까.

〈2012. 12.〉

상상력이 필요한 이유

　나는 손재주가 없다. 그래서 바느질, 수놓기, 요리 같은 것은 질색이다. 학교 다닐 때 가사 시간이 가장 괴로웠다. 결혼 후 요리책을 펴놓고 몇 번 시도했지만, 매번 재료만 낭비했다. 요리도 타고난 감각과 상상력이 있어야 한다는 사실을 깨닫기까지 시행착오의 아픈 역사가 있다. 비위가 약한 나는 식성이 무척 까다로웠다. 그러다 보니 음식 맛에 대한 상상력이 부족했던 것이 아닐까 싶다. 만약 내가 조선 시대 여인으로 태어났더라면 소박맞기 딱 좋은 조건이다. 이 시대에 태어난 것을 얼마나 다행으로 여기는지 모른다.

　별것 아닌 음식재료를 가지고 새로운 맛으로 연출하는 사람을 나는 존경한다. 내 친구인 그녀는 음식 솜씨가 뛰어나다. 강원도 산골 출신인 그녀에게 땅에서 나는 모든 것이 음식재료다. 내 눈에는 그저 풀로만 보이는 것도 그녀의 손에 들어가면 훌륭한 음식재료로 변신한다. 그녀는 정식으로 요리학원에 다닌 적도 없다. 그저 상상하면서 음식을 만드는 일이 즐겁단다. 또 그녀는 타인과 공감하는 능력이 뛰어나다. 분위기 파악 못 하고 자기 말만 하는 인간을 용서하지 못하는 나와는 달리 그녀는 어떤 지루한 말도 인내심을 가지고 들어준다. 타인의 입장을 누구보다 잘 이해한다. 그래서 주변 사람들이 시간이 지날수록 그녀에게 호감을 느낀다. 상상력이 뛰어난 친구다.

상상력이란 말을 찾아보면 '눈앞에 없는 사물의 이미지를 만드는 정신능력'으로 나온다. 예술의 핵심이 상상력이 아니던가. 21세기에는 인간이 갖추어야 할 보편적 능력으로 상상력을 첫 번째로 꼽는다. 음식 솜씨가 뛰어나다는 말은 단순히 조리를 잘한다는 의미를 뛰어넘는다. 어머니께 배운 대로, 혹은 요리책에 있는 대로 따라 하는 것이 아니라 자신만의 맛을 창조하는 자가 진정한 요리사가 아닌가. 세상에 하나뿐인 맛을 창조해 내는 능력이 훌륭한 요리사의 전제조건이다. 그러기 위해서는 상상력이 뛰어나야 한다. 기존의 방식이나 틀을 뛰어넘어 새로운 맛을 만들어가는 능력이 곧 상상력이다.

20대의 젊은 조앤 롤링은 무일푼의 이혼녀가 되었다. 정부 보조금으로 생활하는 그녀의 현실은 암담했다. 삶을 포기할 수 없었던 그녀는 아이를 유모차에 태워놓고 동네 카페에서 《해리포터》라는 판타지 동화를 썼다. 어린 시절 외할머니께 들은 옛날이야기가 상상력의 보고였던 셈이다. 그 책이 대박을 터트리면서 그녀는 새로운 인생을 살게 되었다. 만약 그녀가 절망감에 사로잡혀 그대로 좌절했다면, 전 세계의 어린이가 열광하는 《해리포터》는 탄생하지 않았을 것이다. 조앤 롤링은 삶의 바닥으로 추락했지만, 내재한 상상력으로 다시 비상할 수 있었다. 2008년 하버드 대학 졸업식에 초대받은 그녀는 상상력의 가치에 대하여 이렇게 말했다. "상상력은 인간만이 지닌 독특한 능력으로 모든 발명과 혁신의 원천입니다. 그러나 상상력의 가장 큰 위력은 우리가 직접 경험하지 않고도 다른 사람의 경험에 공감할 수 있도록 해주는 힘입니다." 이 멋진 축사에 졸업생과 축하객이 모두 기립박수를 쳤다고 한다. 이 말은 지금 우리에게 더 의미심장하게 다가온다.

우리 앞에 펼쳐진 현실이 만만치 않다. 미국과 유럽 경제의 어두운 전망, 저성장 예측과 일자리 부족 등과 같은 국가적 과제부터 가계부채, 대학등록금, 노인부양, 우울증 등과 같은 개인의 문제까지 삶의 문제가 엉킨 실타래처럼 복잡하다. 정치권만 바라보기에는 우리네 밥상이 너무 위태롭다. 문제의 원인을 여러모로 진단하고, 상황에 맞는 다양한 해결방식을 찾아가는 상상력이 절실하다. 가진 자가 없는 사람의 입장을 헤아릴 줄 아는 능력도 상상력이다. 영하의 추위가 살을 저미는 엄동설한에 철탑에 올라가 농성하는 노동자의 절규를 외면하는 사회도 상상력 부재의 불감증 환자가 아닌지. 독일의 대문호 괴테도 "무미건조한 상상력보다 끔찍한 것은 없다"라고 말했다. 개인은 물론 정치지도자나 기업의 경영자가 상상력을 갖추어야 하는 분명한 이유다.

〈2012. 1.〉

심안心眼과 혜안慧眼

수술을 결심하기까지는 그리 오랜 시간이 필요하지 않았다. 먼저 수술을 한 큰딸이 적극적으로 권했기 때문이다. 수술도 간단하고 안경이나 렌즈를 끼는 불편함에서 벗어나 너무 좋다고 했다. 작은딸은 처음에 조금 망설였다. 수술이라는 어감에서 풍기는 두려움과 수술 후에 참을 수 없는 고통이 오면 감당할 자신이 없다고 말했다. 그러다가 수술 후의 통증은 진통제 몇 알로 말끔하게 잠재운다는 제 언니의 설득에 결국 넘어가고 말았다.

검사를 하니 수술할 수 있다는 결과가 나왔다. 두꺼워진 각막을 레이저로 깎아내는 간단한 수술이란다. 나도 수술을 하라고 거들었다. 안경 착용이 여러모로 불편하다는 내 경험과 면접 때 외모나 인상을 중요하게 여긴다니 혹여 도움이 될지도 모른다는 노파심도 작동했다. 의료보험에서 제외된 수술이라 비용이 꽤 비쌌다. 그래도 앞으로 지속해서 들어갈 안경 구매비용과 렌즈 구매비용을 생각하면 괜찮다는 셈법이 나왔다. 아무리 간단한 수술이라도 아이 혼자 병원에 보내자니 마음 한구석이 불안했다. 그래서 일이 없는 주말 오후에 병원에 같이 가기로 했다.

집안의 유전적 요인인지 온 식구가 안경을 쓴다. 나도 청소년기부터 시력이 안 좋아 안경을 쓰기 시작했으니 근 40여 년 가까이 안경과 함께 살아왔다. 안경은 내게 꼭 필요한 동반자가 되었다. 사춘기 시절에는 안경을 쓴 사람은 어딘지 모르게 지적인 이미지가 풍길 것 같아 괜히 으쓱거리며 뽐내기도 했다. 그런데 시간이 흐를수록 불편한 것이 점점 많아졌다. 추운 겨울날 버스를 타면 안경이 부옇게 흐려져 앞이 안 보였다. 부끄럽기도 하고 민망하기도 해서 얼른 안경을 벗어 닦아서 다시 쓰곤 했었다.

몇 년 전부터는 근시에 노안 현상이 겹쳐 나타나기 시작했다. 늘 활자로 된 책이든 신문이든 읽는 것이 습관인 나는 난감했다. 신문을 보면 눈이 시리다가 눈물이 났다. 책도 집중해서 오래 읽으면 두통이 오거나 눈이 아팠다. 할 수 없이 돋보기를 따로 맞췄다. 근시용 안경을 끼고 다니다가 책을 읽거나 잔글씨가 나오면 돋보기를 가방에서 꺼내야만 했다. 감추고 싶은 치부를 드러내는 듯 곤혹스러웠다. 나이가 들면서 나타나는 자연스러운 노화현상인데 어쩔 도리가 없지 않은가. 그러다 문득 눈에 보이는 것이 전부가 아니라는 생각이 들었다. 사물의 이면에 감추어진 본질을 볼 줄 아는 심안心眼과 혜안慧眼이 필요한 나이에 다다랐다는 신호가 아닐까. 노안 현상은 세상과 인간을 마음의 눈으로, 지혜의 눈으로 보라는 세월의 가르침이었다.

수술은 금방 끝이 났다. 아이는 아무 일도 없었다는 듯 수술실로 들어갈 때 썼던 안경을 들고 내게로 다가왔다. 그러면서 안경을 벗어도 사물이 잘 보이는 것이 신기하다며 감탄사를 연발했다. 근시에서 해방된 아이는 이제 안경 없이도 세상을 잘 볼 수 있게 되었다. 학교를 졸업하고 곧 사회로 나갈 아이에게 나는 심안과 혜안을 가진 사람이 되기를 진심으로 바란다. 아이는 지금 취업준비를 열심히 한다. 화려하게 포장된 겉모습에 현혹되지 말고 마음의 눈으로 대상의 본질을 읽어내고 지혜로운 눈을 가진 사람이 되면 좋겠다. 그래서 자기 삶의 주인이 되어 행복한 삶을 영위할 수 있다면 부모로서 무얼 더 바라겠는가.

멀리 있는 사물이 잘 안 보이는 근시 정도야 간단한 수술로 해결하는 세상이다. 문제는 마음의 눈이 밝지 않으면 상대를 제대로 읽지 못한다. 흐리거나 왜곡된 마음의 눈은 자신도 힘들고 주변 사람도 힘들게 하기 때문이다. 그리고 지혜로운 눈을 가진 사람이라면 세상을 살다가 어려운 일이나 장애물을 만나더라도 슬기롭게 잘 이겨나갈 것이다. 심안과 혜안을 가지려면 부단한 자기성찰과 노력을 해야 하리라. "비밀을 가르쳐줄게. 마음으로 보지 않으면 정확하게 볼 수 없어. 가장 중요한 것은 눈에는 보이지 않아." 여우가 어린 왕자에게 했던 말을 딸에게 들려주고 싶다.

〈2013. 3.〉

한자와 언어의 층위

　대학생인 딸은 한자 급수 시험을 위해 공부 중이다. 날마다 빽빽하게 한자를 쓰면서 뜻과 음을 익힌다. 마지막 학기를 남겨두고 시간 여유가 있을 때 한자 급수를 따겠다며 도전장을 내밀었다. 첫 도전임에도 2급을 치겠단다. 나는 3급으로 낮추어 지원하라고 권했지만, 이왕 하는 김에 열심히 해서 2급을 따겠다며 호기를 부린다. 안 그래도 한자를 제대로 가르치지 못한 것이 못내 마음에 걸렸다. 졸업을 앞두고 스스로 한자 공부에 도전하다니 얼마나 기특한가.

　학과에서 시행하는 한자 시험 감독에 딸을 몇 번 데려갔다. 겨우 기초 한자만 아는 아이는 채점 아르바이트를 하면서 저도 답답함을 느꼈으리라. 문맹자가 겪는 어둠의 세상은 낯선 외국어를 만났을 때 느끼는 당혹감이나 불편함과 같을 것이다. 무엇보다 우리 문화가 한자 문화권이 아닌가. 한자 급수 시험이 취업을 위한 자격조건이라기보다 세상과 소통하기 위한 또 하나의 길을 개척한다는 데 의미를 부여하고 싶다. 언어를 많이 알수록 개념 이해가 쉽고, 새로운 세상과 만날 기회도 훨씬 많아질 테니까.

나는 한자를 신문에서 익혔다. 초등학교 시절, 집으로 배달 오는 신문을 보다가 모르는 한자가 나오면 부모님께 물어가며 배웠다. 한 자씩 뜻과 음을 외우면서 한자를 배운 것이 아니라 전체 문맥 속에서 단어를 통째로 익힌 것이다. 신문 기사의 맥락 속에서 나 혼자 한자의 뜻을 짐작하면서 터득한 셈이다. 그 당시만 해도 한글이나 한자를 익힐 때는 음절 혹은 낱글자 중심으로 익혔다. 지금 생각하니 한 시대를 앞선 방법으로 한자 공부를 한 것이다. 덕분에 나는 또래보다 어휘력도 뛰어났고, 이해력도 좋아 국어와 사회는 늘 뛰어난 성적을 받을 수 있었다.

초등학생이 온통 한자가 지면을 채운 신문을 본 것은 순전히 환경적 요인이었다. 초등학교 들어가기 전에 선행 학습이라야 겨우 내 이름 석 자 쓰는 것이 전부였다. 그 시대엔 학원은 물론 선행 학습도 없었으니까. 글자는 당연히 학교에 들어가서 배우는 것이라 여겼다. 바둑이와 가방, 나비 같은 글자를 네모 칸이 그려진 공책에 한 장씩 숙제를 해간 기억이 난다. 같은 글자를 수십 번 따라 쓰는 일은 힘들고 고된 노동이었다. 하지만 글자를 한 자씩 배우면서 나는 문자해독이 가져다 준 기쁨을 만끽했을 것이다. 그리고 새로운 세상과 만나며 설레었으리라.

언어는 다른 세상으로 들어가기 위한 하나의 열쇠다. 내 손에 쥔 열쇠의 종류가 많을수록 다른 세상과 만날 가능성도 높다. 조선 시대 사대부 권력층이 왜 그렇게 어려운 한자를 고집했을까. 언어가 곧 자유이며 권력이었기 때문이다. 어려운 한자어를 사용해야 정보와 지식을 독점할 수 있었고, 그들이 독점한 권력이 안전하기 때문이었다. 세종대왕이 최만리를 비롯한 보수파의 반대를 무릅쓰고 한글을 우리글로 반포한 것도 백성과 소통하기 위한 군주의 선택이었다. 백성의 글인 한글이 우리글로 자리매김했다는 것은 백성이 비로소 세상을 향해 말문을 열었다는 의미가 아니던가.

세상살이의 중심에 언어가 있다. 나를 표현하고, 나와 타자가 관계를 맺고 교유하는 과정에 언어가 자리한다. 따지고 보면 세상과의 불화나 오해도 모두 언어 때문에 발생한다. 풍성한 어휘력을 지닌 사람은 곳간에 양식을 그득하게 쌓아둔 것과 같다. 스마트폰이라는 뉴미디어는 우리말과 우리글도 바꾸기 시작했다. 네티즌끼리 사용하는 축약어는 빠른 소통을 위해서는 좋을지 몰라도 언어가 지닌 다양한 층위를 무시하고 속도에 언어조차 구속되는 결과를 초래할지도 모른다.

　손으로 쓴 글씨를 보면 그 사람의 성품을 대략 가늠할 수 있다. 물 흐르듯 붓으로 써내려간 서간문을 보면 글자에도 마음과 정성이 깃든다는 것을 느낀다. 선비에게 글자를 읽고 쓰는 행위는 마음을 닦는 수련이었으며, 도를 향해 나아가는 여정이었다. 그래서 먹을 갈아 붓으로 글씨 쓰는 공부를 서예라 부르지 않던가. 손 글씨로 한자를 쓸 일이 점점 줄어든다. 한자전환 키만 누르면 컴퓨터란 놈이 알아서 다 써주다 보니 머리에 저장된 한자가 점점 줄어들고 있다. 무릇 언어란 사용자가 갈고닦아야 빛이 나는 데 말이다.

〈2013. 6.〉

말과 오독誤讀

    같이 차를 타고 가야 할 일이 생겼다. 사는 동네가 다른 세 명의 지인에게 만날 시간과 장소를 전화로 약속했다. 간단한 일 같지만, 일이 꼬이면 복잡해진다. 나를 중심으로 가까운 곳에 사는 이부터 차례로 만나는 걸로 계획을 세웠다. 첫 동행자는 자주 만나는지라 계획대로 정확한 시간에 만났다. 하지만 나머지 두 사람은 나와 평소에 소통도 별로 없고, 서로에 대하여 잘 모르는 상태였다. 약속 장소로 향하는데 전화가 왔다. 차를 수리할 일이 있어 정비소에 맡겨야 하니 인근 마트 앞으로 와주면 좋겠다는 전갈이었다. 어차피 가는 길목이니 그리로 가겠다고 약속을 했다.

    약속 장소 근처에 가서 한참을 기다려도 그녀는 보이지 않았다. 혹시 다른 쪽에서 기다리나 싶어 차를 돌려 나가려는 참이었다. 다시 전화가 왔다. 기다리고 있다는 장소에 대한 설명을 듣는데 내 눈앞의 풍경과 맞지 않았다. 아뿔싸! 동일한 이름의 다른 마트 앞에서 그녀는 나를 기다리고 있었다. 서로 통화를 하면서 각자 다른 장소를 떠올린 것이다. 나는 가끔 장을 보러 가는 우리 집과 가까운 마트를, 그녀는 자신의 집과 가까운 가게를 생각한 것이다. 오독誤讀이었다. 같은 언어를 주고받았지만, 각자의 입장에서 다르게 해석하고 받아들인 것이다.

세 번째 지인과 만나기로 한 장소에 가서도 바로 찾지 못하고 전화로 통화한 후 겨우 만났다. 당연히 시간이 지체되고 말았다. 휴대 전화기가 문제 해결의 일등공신이었다. 우여곡절 끝에 겨우 내 차에 함께 탄 네 사람은 각자가 경험한 '말의 어긋남'에 대하여 수다를 떨었다. 추운 겨울날 오지 않는 친구를 기다리며 발을 동동 구르던 추억은 기다림의 낭만이 살아있던 시절의 정겨운 풍경이었다. 서로에게 저장된 장소가 달라 헤어진 연인의 사연은 얼마나 안타깝고 애절하던가. 언어의 불확실성은 이렇듯 일상에서 많은 오해와 사건을 유발한다. 모두 언어가 지닌 자율성과 모호성, 인간의 자기중심적 사고가 유발한 사건이다.

언어의 불완전함을 메우기 위해 인간은 갖은 노력을 해왔다. 몸짓과 문자, 다양한 표정을 담은 이모티콘의 개발 등. 하지만 언어가 있는 곳에는 늘 소음이나 오해가 따른다. 완벽한 소통과 전달을 위해 애를 쓰면 쓸수록 진실은 더 멀리 달아나기도 한다. 상대가 내 말에 대하여 심하게 오해하거나 여러 단계 말이 오가면서 꼬였을 경우에는 침묵이 오히려 나을 수도 있다. 오해란 시간이 지나면 풀리니까. 그래서 철학자 비트겐슈타인도 "말할 수 없는 것에 관하여는 침묵해야 한다."라고 말했다. 날마다 쏟아내는 말의 홍수 속에서 오히려 침묵이 더 큰 가치를 지닐 수도 있으니까.

말과 글로 밥벌이를 하면서 살아가는 나는 유독 언어에 민감하다. 상대가 사용하는 언어를 보면 대략 그의 품성이나 지식수준을 가늠할 수 있기 때문이다. 고약한 직업병이다. 현란하고 유창한 말솜씨보다 어눌하지만, 진정성이 담긴 말을 더 높이 사주는 편이다. 상대의 의중이나 말의 뜻을 정확히 이해하고, 내 생각을 제대로 표현하는 언어능력이 세상살이의 무기다. 세상살이의 중심에 언어가 자리한다. 언어폭력의 상처는 무의식에 남아 평생 사람을 괴롭힌다. 말과 글에도 엄청난 에너지가 숨어있지 않던가. 진정성이 담긴 사과한마디, 무심코 건너는 따뜻한 위로의 말이 목숨을 살리기도한다. 말의 무서움이자 힘이다.

휴대 전화기가 등장한 이후로 직접 소통보다는 간접 소통이 점점 늘어난다. 어려운 사과나 부탁은 문자로 하면 훨씬

편하다. 새롭게 등장한 필답筆答 대화對話인 셈이다. 연암 박지원은 청나라를 여행하면서 새로운 문화에 대한 왕성한 호기심과 지적 욕구로 여행지마다 지식인을 수소문하여 밤새 술을 마시며 필답 대화를 나누었다고 한다. 비록 말은 통하지 않았지만, 한자를 사용한 필답 대화를 통해 방대한 자료를 수집한다. 그렇게 하여 연암의 역작 《열하일기熱河日記》가 탄생한다. 흥미로운 것은 문자에도 상대의 기분이나 감정이 묻어 온다는 사실이다. 기기가 전송하는 문자는 하나의 언어 기표일 뿐이다. 그러나 언어가 내포한 다양한 의미와 감정도 함께 사람 사이를 오가기 때문이다. 독자의 오독을 줄이기 위해 오늘도 나는 언어의 정글을 헤맨다.

〈2013. 8.〉

물과 봄의 차이

"얼음이 녹으면 ① 물이 됩니다. ② 봄이 옵니다. 이 가운데 ②번 얼음이 녹으면 봄이 옵니다가 정답입니다." 라디오에서 흘러나오는 이 말은 내 귀를 사로잡았다. 짧은 문장 안에 사유와 교육의 지향점이 모두 함축되어 있었기 때문이다. 모 교육청의 공익 광고 문안이다. 단순한 광고 문안에서 시대의 변화와 흐름을 감지할 수 있었다. 이 광고에 시대정신은 물론 삶의 방식, 사유 체계, 미래의 지향점이 함축되어 있었다.

예전 내가 학교 다니던 시절에는 정답이 ①번이었다. 사지 선다형의 보기 가운데 답은 오직 하나였다. 교과서 밖의 어떤 일탈이나 상상도 금기였던 시대를 통과하면서 우리는 직선적 사고에 길들었다. 아무리 좋은 생각이 떠올라도 의견을 말하거나 이의를 제기하면 안 된다고 교육받았다. 간혹 상상력이 풍부한 친구가 수업 시간에 엉뚱한 소리를 하면 선생님께 혼이 나지 않았던가.

매년 가을이면 모교에서 총동창회 체육대회가 열린다. 그런데 갈수록 참가자가 줄어든다. 나도 마지못해 의무로 참석하지만 별 재미가 없다. 비슷한 프로그램에 늘 보던 얼굴, 지루한 재방송이 된 과거 추억담 등이 되풀이된다. 굳이 동창회가 아니라도 사람을 만날 수 있는 장이 많다. SNS를 통한 온라인 모임이 얼마든지 가능하다. 또 사회적 관계망이 확장되면서 관계 맺기도 점점 다양해진다. 한국 사회를 규정하던 혈연 학연 지연의 관계망에 균열이 일어난 지 오래다. 인터넷이라는 새로운 매체는 그토록 견고하던 우리 사회의 관계지형을 새롭게 재편해 버렸다.

새천년 이후 강력한 원심력으로 작동하던 근대성이 해체되기 시작했다. "얼음이 녹으면 물이 됩니다."는 문장에서 우리는 지난 시대를 관통하던 가치를 짐작할 수 있다. 개인보다는 집단, 개성보다는 획일성이 중심 가치로 작용했었다. 과학적으로 증명된 객관적 사실만이 정답으로 허용되던 때는 암기 능력이 중요했다. 어떤 오차도 예외도 인정하지 않았다. 오로지 교과서에 실린 지식이 말씀이요 진리였으니까. 개인의 자리는 비좁았지만, 열심히 노력하면 개천에서 용이 날 수도 있었다. 철학자 루카치의 말처럼 "밤하늘의 별을 보고 길을 찾아가던" 행복한 시절이었다.

"얼음이 녹으면 봄이 옵니다."라는 문장은 수많은 의미가 내포되어 있다. "봄이 옵니다." 대신에 다른 문장이 들어와도 무방하다. 어떤 가능성도 생각도 담을 수 있는 열린 구조라서 서로 다른 것과도 융합할 수 있다. 봄이라는 말에는 연둣빛 새싹, 툭툭 터지는 꽃망울, 훈훈한 봄바람, 쌀쌀한 꽃샘추위, 꽃망울에 내리는 봄눈, 얼음 밑을 흐르는 시냇물 소리, 지저귀는 새소리, 봄비 내리는 소리 등. 봄이라는 언어가 품고 있는 의미가 이렇게 다양하다.

견고하던 근대성에 균열이 가기 시작하면서 결과보다는 과정, 중심에서 주변으로 시점이 이동하기 시작했다. 한 사람의 영웅이 시대를 이끌어가기보다 여럿이 함께 만들어 가는 것이 새로운 질서로 부상했다. 개인도 제각각의 목소리를 내기 시작했다. 웅성거리는 소음과 무질서한 움직임이 기성세대에게는 당연히 불편하고 걱정스러운 현상으로 다가갈 것이다. "얼음이 녹으면 물이 된다."는 하나의 정답보다 "얼음이 녹으면 봄이 온다."는 주관식 서술이 주목받는 시대다. 록, 발라드, 아카펠라, 트로트, 소울 같은 다양한 화음으로 어우러지는 사회가 훨씬 건강하지 않은가.

하나의 정답을 찾아가는 수학이나 과학도 상상력이 전제되어야 한다. 정답과 공식만 열심히 외우면 점수를 따던 예전의 공부 방식은 폐기처분을 해야 한다. 기본 개념에 대한 이해가 전제되고, 그 개념 아래 수많은 문제 해결 방법을 사유하는 과정이 이 시대의 공부다. 정답이 없으니 내가 새로운 공식을 찾아 나설 수도 있고, 여럿이 함께 만들어 갈 수도 있다. 아무도 가지 않은 길을 걸어가려면 지혜와 용기가 필요하다. 위기가 기회다. 라디오에서 들은 광고 문안을 이렇게 바꾸어보면 어떨까. "가을이 지나면 겨울이 옵니다."가 아닌 "가을이 지나면 나만의 계절이 옵니다."로.

〈2013. 11.〉

낡은 것의 가치

강의하는 사람이 재미없으면 듣는 사람은 더 재미없다. 평소 나의 지론이다. 오랜 세월 평생교육현장에서 강의한 나는 강의하는 사람이 신명이 나야 듣는 사람도 감동까지는 아니더라도 지루하지 않다는 것을 깨달았다. 학교 밖 강의에 비하면 대학 강의는 재미없다. 정해진 교육과정대로 지식을 전달하고, 시험으로 평가해서 줄을 세운다. 어떤 질문에도 무표정한 학생 앞에서 떠드는 내가 한심하여 자괴감이 들 때도 있다. 솔직히 나도 그들만큼 지루하고 재미없다. 내가 강의하는 '독서와 토론' 같은 과목은 비인기 과목이다. 그래서 별별 궁리를 다 한다. 선정된 책과 관련한 영상자료라든가 모둠별 토론자료 등을 만들어 어떻게든 수업 참여도를 높이려 애를 쓴다.

올해는 어쩌다가 '책과 독서의 이해' 라는 과목을 강의하게 되었다. 평소에 학교 밖에서도 해오던 강의라 별 부담은 없었다. 그런데 수강생이 대학 신입생이라는 사실이 부담스러웠다. 난감했다. 그동안 나는 학부모인 주부를 대상으로 강의했었다. 우선 책의 역사를 요약 정리해서 강의했다. 예상대로 학생들이 지겨워했다. 나도 지겨웠으니까. 한 달 정도 강의를 진행하면서 계속 고민을 했다. 이대로 한 학기를 간다는 것은 학생에 대한 예의가 아니라는 생각에 다다랐다. 교재를 바꾸든지, 강의 방식을 바꾸자고 결심했다.

강의실 책상 배치부터 바꾸었다. 모두 교단을 바라보는 책상 배치를 직사각형으로 바꾸어 서로 얼굴을 마주 보게 했다. 무거운 책상을 옮기고 의자를 갖다놓은 일은 번거롭다. 하지만 특별한 기술이 필요한 일이 아니라서 힘을 합치면 그리 힘든 일도 아니다. 길쭉한 미음 형으로 마주 앉으니 비로소 서로의 얼굴을 바라볼 수 있었다. 나도 높은 교단이 아닌 학생과 동등한 위치에 앉는다. 앞사람의 등만 쳐다보다가 얼굴을 마주하니 비로소 말문이 트였다. 토론이 가능해지려면 강의실 구조부터 바꾸어야 한다. 시스템이 내용을 결정하는 중요한 요소다.

교재도 바꾸었다. 현재 출판 현장에서 일하는 사람이 쓴 책을 골랐다. 매주 한 주제씩 골라서 공부했다. 이동용 마이크를 준비하여 한 사람도 빠짐없이 돌아가면서 텍스트를 읽었다. 윤독하니 학생이 긴장하며 집중하는 효과도 있었다. 중요한 내용에 밑줄도 긋고, 내가 설명하는 내용을 적기도 했다. 질의응답도 이전보다 활발했다. 현재 진행 중이거나 앞으로 일어날 변화에 대한 생생한 목소리가 담긴 책의 내용도 흥미를 불러일으키는 데 한몫했다. 물론 강의 주제와 관련한 영상자료도 가끔 보았다. 신기하게도 프레젠테이션을 활용한 강의보다 훨씬 집중도가 높았다.

뜻밖에도 반응이 좋았다. 지금 대학생들은 낱낱의 지식이나 정보는 예전 세대보다 훨씬 많이 알고 있다. 하지만 사고력이나 지식활용능력은 부족하다. 앞으로는 모두 지식 소비자이면서 지식 생산자가 되어야 한다. 지식을 활용하고 창조하려면 창의력과 상상력을 갖추어야 하고, 이런 자질을 키우려면 책을 읽어야 한다. 이 얼마나 아이러니한 상황인가. 종이책을 읽고 토론하다 보면 자연스럽게 집중력과 사고력이 깊어진다. 아날로그식 강의가 지닌 장점이다. 강의하면서 주변의 여러 사례를 가져와 재미있게 설명하고, 다른 분야와 통섭도 가능했다. 저절로 내 목소리에 신명이 실렸다.

최근에는 어디서나 프레젠테이션 강의를 한다. 그러나 인문학 분야는 예전처럼 책을 텍스트로 강의하는 것이 더 효과적이라고 생각한다. 도표나 그림, 짧은 구문으로 만든 강의

자료는 이미지로 각인되기 때문에 사고력 행상에 별 도움이 안 된다. 무엇보다 교수는 컴퓨터를 쳐다보고, 학생은 앞의 화면을 바라보니 교감도 없고 표정도 살피지 못한다. 교육은 교수와 학생 간의 상호작용이 이루어져야 한다. 뉴미디어가 등장하면 올드미디어는 살아남기 위해 재매개화(remediation)의 과정을 거친다. 대학의 교재와 강의 방법도 점점 진화하고 있다. 그런데 한 방향으로만 가는 쏠림 현상은 바람직하지 않다고 본다. 교과목에 따라, 강의주제에 따라, 학생의 수준에 따라, 환경에 따라서 교수법도 다양하게 시도되어야 한다. 낡은 것이라고 모두 쓸모없지는 않다.

〈2013. 4.〉

변신의 기술

　이상한 나라로 들어간 엘리스는 여기저기를 돌아다니며 신기한 모험을 한다. 모험은 지루한 일상에서 벗어나는 쾌감을 선사했지만, 너무 자주 변하는 몸의 치수로 인해 혼란스러웠다. 정체 모를 액체를 마신 엘리스의 몸은 깨알만큼 작아진다. 그래서 자신이 흘린 눈물에 몸이 둥둥 뜬다. 또 엘리스는 어떤 집에 들어가 과자를 먹으니 몸이 거인처럼 커지게 되어 꼼짝도 할 수 없게 된다. 아동문학의 고전《이상한 나라의 앨리스》의 주된 모티브다. 주인공은 끊임없이 마주치는 상황에 따라 몸이 변한다. 그래서 엘리스는 몸의 크기가 문제가 아니라 변하는 게 문제라고 말한다. 정체성의 대혼란이다.

　만약 몸의 크기를 마음대로 할 수 있는 약이 개발된다면 어떨까. 아마 대혼란에 휩싸일지도 모른다. 솔직히 이런 약이

나오면 좋겠다는 생각도 든다. 감각은 점점 둔해지는데, 하루에도 몇 번씩 변신해야 하니 말이다. 사회 구조가 단순하던 시대에는 정체성의 혼란을 거의 겪지 않고 살았다. 여성은 누구의 딸에서 아내로 어머니로 살다가 일생을 마쳤다. 그런 단선적인 정체성의 변화도 주체의 의지에 의해서가 아니라 생애 주기에 따라 자연스러웠다. 남성도 마찬가지였다. 세상의 변화가 느리고 인간의 행동반경이 한정적이던 시절의 이야기다.

새로운 모임에 참여하면 낯선 사람과 관계 맺기가 시작된다. 상황 파악이 될 때까지는 말을 아끼는 것이 최선이다. 하지만 분위기 파악을 못 하고 처음부터 설치는 사람이 더러 있다. 어떤 조직이건 지켜야 할 나름의 규범과 질서가 있다. 그런 질서를 무시하며 휘젓는 사람 때문에 즐거워야 할 자리가 불쾌해진다. 특히 모임의 목적에 따라서 언어와 행동이 달라져야 한다. 상황에 따라 먼저 변신해야 하는 것이 언어다. 그래서 풍부한 어휘력과 표현력이 삶의 자산인 시대다. 앞으로는 변신의 기술을 배우지 못한 사람은 섬처럼 고립될지도 모른다.

나는 하루에도 몇 번씩 변신한다. 한때 아이들에게 인기를 끌었던 변신로봇처럼. 내가 만나는 대상이나 장소, 관계의 설정에 따라 적절한 변신을 해야 한다. 옷이나 머리 스타일은 매번 바꿀 수 없지만, 언어나 표정은 내가 선 자리에 맞게 바뀐다. 일정이 복잡한 날은 이러다가 정신분열증에 걸리겠다는 위기감을 느낄 때도 있다. 그래서 자주 혼란스럽다. 다양하고 복잡한 관계는 일관된 영속성으로 이어지기 어렵다. 복잡한 층위로 분할되며, 분절된 관계로 삶이 엮어진다. 이런 사회 환경에서 무난히 살아가기 위해서는 빠른 상황판단 능력과 유연한 사고력을 가져야 한다. 변신의 폭은 내가 만나는 세상의 넓이와 비례한다.

사회가 발달할수록 관계망도 세분된다. 평생직장의 개념이 사라지면서 직업이나 직장도 서너 번 바꾸어야 생존이 가능한 세상이다. 그럴 때마다 엘리스처럼 몸과 마음이 변신해야 한다. 또 자기를 적절히 표현하고 타인과 소통하는 기술도 익혀야 한다. 그래서 유머감각이 풍부한 사람이 주목을 받는다. 유감스럽게도 우리는 타자들과 대화하는 법을 배우지 못했다. 언어 예절과 거리 두기는 기본이다. 이런 자질을 갖추지 않으면 변신은 불가능하다. 상대를 고려하지 않고 자기 방식대로 밀어 붙이다가는 시작도 하기 전에 파국으로 치달을 수도 있다.

은둔형 외톨이나 나 홀로 공화국으로 사는 이들이 점점 늘어난다. 육체는 멀쩡해도 변신의 기술과 감각을 배우지 못했기 때문이다. 엘리스가 마신 마법의 약이라도 구해 먹으면 모를까 어려운 문제다. 세상의 중심을 자기에게만 두고 한 발짝도 움직이지 않는 사람은 주변에 사람이 없다. 변신의 기술은 상대에 대한 예의이자 생존 조건이다. 파란 구슬 빨간 구슬을 숨겨두고 필요할 때마다 꺼내든지, 꼬리 아홉 달린 여우처럼 내숭 구단의 변신술이라도 배우든지 궁리를 해야 할 판이다. 사는 일이 점점 어렵다.

〈2013. 7.〉

멍

성하의 계절이다. 무더위를 잊게 해주는 낭보가 날아왔다. 체조선수 손연재 선수의 선전 소식이다. 하계 유니버시아드 대회에서 우리나라 선수로는 처음으로 리듬체조 부분 은메달을 목에 걸었다고 한다. 리듬 체조는 인간의 몸이 휘고 꺾일 수 있는 한계지점이 어디인가를 보여준다. 음악에 맞추어 표정 연기도 해야 한다. 항상 굴러가는 속성을 가진 공과 자신의 키보다 더 긴 리본을 손에 들고 연기까지 하다니 놀라운 기예다. 손 선수의 얼굴에 웃음이 가득하다.

몇 장의 사진을 넘기다가 놀라운 장면을 발견했다. 처음에는 내 눈을 의심했다. 시퍼런 멍 자국과 상처의 흔적이었다. 무릎에도, 다리에도, 얇은 토슈즈를 신은 발에도 온통 상처였다. 앞뒤로 사진을 몇 장 더 넘겨보았다. 사진 기자의 렌즈는 아름다운 동작이 연출하는 극적인 순간을 놓치지 않고 포착했다. 그런데 고도로 발달한 기기는 손 선수의 다리에 난 상처도 정직하게 담아냈다. 다리의 상처와 얼굴을 번갈아 쳐다보았다. 환하게 웃으며 연기에 몰입하는 얼굴과 시퍼렇게 멍들고 상처투성이인 다리는 잘 연결되지 않았다. 가슴이 싸하게 아려왔다.

메달을 목에 걸고 웃는 모습만 보았으면 좋으련만. 끝내 보지 말아야 할 비밀을 내 눈으로 확인한 기분이었다. 저 자리에 오기까지 얼마나 많은 연습을 했을까. 체중조절 때문에 먹고 싶은 것도 마음대로 못 먹었을 것이다. 눈만 뜨면 연습장으로 달려가 수십 번 아니 수백 번 같은 동작을 반복했으리라. 고난도의 동작을 하며 넘어질 때마다 다리에 멍이 들었을 터, 상처의 흔적만큼 꿈을 향한 의지도 강해졌을 것이다. 어린 나이에 좌절하고 포기하고 싶은 유혹을 어떻게 극복했을까. 단 몇 분간 매트 위에서 보여주는 연기를 위해 그가 흘린 눈물과 땀방울이 떠올랐다.

우리는 김연아나 손연재가 세계무대에 나가서 아름다운 연기를 펼치고 대한민국의 이름으로 메달을 목에 걸 때마다 환호한다. 물론 명예와 함께 경제적 보상도 뒤따른다. 운동으로 다져진 몸매와 아름다운 미소를 지닌 두 선수는 무더위를 잊게 해주는 청량제다. 스포츠를 별로 좋아하지 않는 나도 이

두 선수의 영상은 꼭 챙겨본다. 미디어도 두 선수가 이룬 성취의 순간을 열심히 보도한다. 그 영광의 순간을 위해 엄청난 인고의 시간을 보낸다는 사실은 생략한다. 그저 결과만 보고 손뼉을 치고 환호할 뿐이다. 실은 우리가 눈여겨보고 주목해야 할 것은 과정인데 말이다.

기계체조나 피겨스케이트는 한순간의 실수도 허용하지 않는 완전을 향한 인간 의지의 표상을 보는 듯하다. 몸이 보여주는 예술의 극점이다. 인간의 몸을 그토록 정확하고 유연하게 단련하려면 얼마나 똑같은 동작을 반복했을까. 무대에 서서 음악이 나오면 자동으로 몸이 따라서 움직여야 한다. 머리와 몸과 가슴이 삼위일체가 되어야 그런 연기가 나올 수 있을 것이다. 선수가 어떤 과정을 거쳐 그런 영광의 자리에 올랐는지도 관심을 가져야 하리라. 김연아나 손연재가 차지한 영광 뒤에 숨은 상처를 읽어낼 수 있는 마음의 눈을 가지면 좋겠다. 우리 사회는 결과만 좋으면 모든 것이 묻어지고 용서되는 분위기였다. 영광의 순간은 남보다 더 흘린 땀의 결과물이 아닌가. 결과만 좇아가다 보면 과정에서 발생하는 차이나 의미를 놓치기 쉽다.

산 정상에 올라서서 정복의 기쁨을 누리는 것도 좋다. 그러나 지금은 산꼭대기에 '누가 먼저 도달하느냐?'보다 '누구와 함께 무엇을 나누며 가느냐?'로 무게 중심을 옮겨야 할 때다.

수단과 방법을 가리지 않고 목표만 달성하면 그만이라는 생각을 바꾸어야 한다. 어렵지만 시대적 요구다. 결과 중심의 사유 체계는 인간이 지닌 개별성과 고유성을 배려하지 못한다. 과정에 충실하고 최선을 다했다면 설사 결과가 기대에 못 미치더라도 크게 실망하지 않을 것이다. 왜냐하면, 이미 과정에서 많은 것을 느끼고 배울 수 있으니까. 멋진 연기와 기량으로 세계무대에서 인정을 받은 손연재 선수에게 나도 뜨거운 박수를 쳐주었다. 하지만 그의 다리에 난 수많은 멍 자국을 생각하면 마음이 짠하다. 그 멍 자국이 다 아물기도 전에 그녀는 또 연습장으로 달려갈 것이다.

〈2013. 7.〉

경계를 넘어

초가을 햇살이 자잘하게 내려앉는 날이었다. 하늘은 죄 없는 순결한 얼굴로 모든 문을 활짝 열었고, 바람은 눅눅한 것의 습기를 증발시키며 한가로이 노닐었다. 바야흐로 풍경은 서서히 계절을 건너고 있었다. 징검다리 휴일로 인해 덤으로 얻은 하루를 그냥 보낼 수는 없었다. 등산복으로 갈아입고 간소하게 김밥이랑 사과, 물을 챙겨 팔공산으로 갔다.

갓바위 부처님을 만나러 가기로 하였다. 자주 가던 경산 쪽이 아니라 대구 쪽에서 올라 갔다. 어느 쪽으로 간들 부처님이 계시는 곳에 다다르면 되지 않는가. 한 가지 소원은 꼭 들어주신다는 마음 넉넉한 부처님이니 불교 신자가 아니라도 작은 소원 하나쯤은 간청할 수 있으려니 여겼다. 그런데 입시를 앞두고 산길 초입부터 사람의 발길이 분주했다. 갓바위 부처님이 중생의 소원을 다 들어주자면 서울대학교를 수만 개 세워야 할 것이다. 나는 그냥 가을의 정취를 즐기자고 마음을 바꾸었다.

경산과 대구의 경계에 자리 잡은 갓바위 부처님은 한때 두 지자체가 소유권을 두고 첨예한 대립각을 세우기도 했었다. 대구시나 경산시 같은 명사는 인간이 만든 행정지명에 불과하다. 본시 부처님이야 모든 경계를 초월하여 어디에나 현존하시지 않는가. 너와 나의 경계를 넘어 온 세상이 한 마음이라는 '일심'이 부처님의 가르침이거늘, 인간이 길을 내다보니 두 갈래로 나뉘었을 뿐이다. 부처님의 처지에서 보면 그런 분쟁은 인간의 어리석은 욕심으로 보였을 터, 갓바위 부처님은 오늘도 여전히 그 자리에 앉아계신다. 부처님을 만나러 가는 간절함만 있다면 어디로 올라간들 무엇이 문제이랴.

한낮인데도 산길은 덥지도 춥지도 않은 그야말로 최적 기온이었다. 나무가 드리운 적당한 그늘과 간간이 불어오는 바람은 자연이 인간에게 베푸는 은혜로운 선물이었다. 올라가다 힘들면 쉼터에서 쉬었다. 바쁠 것도 급할 것도 없으니 내 마음만큼 걷다가 서다가 쉬엄쉬엄 올라갔다. 한 계단 한 계단 올라가면서 지금, 여기의 내 마음에 집중했다. 시간이 지날수록 다리도 아프고 땀이 났다. 문명에 기대어 살아온 육체와 감각은 두 발로 걷는 고행을 겪으면서 미망에서 깨어나고 있었다.

한 시간 남짓 걸렸다. 예상대로 갓바위는 부처님을 보러 온 사람으로 넘쳐났다. 온화한 얼굴로 중생을 굽어보는 부처님은 이웃집 할아버지처럼 편안했다. 무심한 듯 그러나 인자한 표정으로 중생을 맞아주었다. 부처님 얼굴을 한참 바라보고 있으면 마음속 미움도 욕심도 시나브로 사라진다. 참으로 희한하지 않은가. 그래서 영험한 부처님으로 수문이 났는지도 모른다. 이름 없는 뭇 중생의 소박한 바람과 소원이 무에 그리 대단하겠는가. 그저 아픈 부모님의 병이 낫고, 오매불망 자식 잘 되기만을 바라는 소박한 것이려니.

몇 해 전 티베트의 젊은이 세 사람이 라싸의 포탈라 궁을 향해 순례의 길을 떠나는 과정을 기록한 다큐멘터리를 본 적이 있다. 고향을 떠나 길에서 먹고 자며 오로지 부처님을 향한 일념으로 길을 떠난 사람들이었다. 티베트 사람이라면 누구나 꿈꾸는 일생의 꿈이자 과업이었다. 도보 순례도 힘든데 그들은 전 과정을 오체투지로 진행했다. 온몸을 땅에 엎드려 절을 하면서 수행하는 그들의 모습은 신을 향한 겸손의 극치였다. 자신을 한없이 낮추고 낮추면서 부처를 닮아가려는 인간의 소망은 경건하고도 아름다웠다.

힘들게 갓바위에 올라가더라도 잠시 머물다 내려온다. 단지 부처님께 소원을 비는 것이 목적이라면 다른 절집에 가면 된다. 그렇다면 왜 힘든 산길을 올라가는가. 정성의 온도가 다르기 때문이리라. 힘들게 한 걸음씩 내디딜 때마다 바람은 더욱 간절해지고 절대자를 향한 소망도 커질 테니까. 티베트의 순례자가 고행을 자처하는 까닭도 육체의 고통을 통해 정신의 순도를 높이려는 의식적 행위가 아닌가. 그런데 이런 과정을 편리한 문명의 기기에 내맡겨 버린다면 과연 기도의 영험이 있을지 의심스럽다. 갓바위 부처님은 지혜로우신 분이니 케이블카를 타고 올라오는 사람과 힘들게 걸어서 올라온 사람을 구별하여 기도의 효험을 다르게 해주시리라 믿고 싶다. 그날 나는 갓바위 부처님께 아무런 소원도 빌지 않고 그냥 내려왔다.

〈2013. 10.〉

4 부

피에타와 신라 토우

말춤과 단풍

싸이의 말춤 열풍이 대단하다. 아마 올 송년회는 이 말춤이 대세일 것이다. 남녀노소를 불문하고 전 국민이 싸이의 말춤에 열광한다. 원래 춤과 노래를 즐기는 민족인지라 이런 열광이 새삼스러운 것도 아니다. 월드컵 때 우리는 붉은 악마의 응원으로 세계를 놀라게 하지 않았던가. 과연 세계사에 유례가 없는 압축 성장으로 경제 선진국에 진입한 나라답다. 일치단결, 국민총화를 구호로 내걸고 전 국민이 오로지 경제 부국을 향해 달린 과거의 영광을 떠올리게 한다.

그런데 이런 열광과 환호 속에 어른거리는 그림자가 영 마음에 걸린다. 우리를 짓누르는 강박증과 불안감이 감지되기 때문이다. 이런 광풍과 열기 뒤에는 우리가 미처 인식하지 못하는 심리적 상흔이 있다. 무엇이 유행하거나 대세가 되면 무조건 따라 해야 마음이 놓이는 대중의 심리적 불안감이 저변에 숨어 있다. 나 혼자 다른 춤을 추거나 딴소리를 하다가는 왕따를 당할지도 모른다는 불안증이다. 일사불란한 질서나 체제만이 국가발전에 이바지한다는 철저한 교육의 결과물인지도 모르겠다. 그런데 나는 이제 이런 풍경이 불편하다.

개인보다는 집단의 가치가 우위였던 시절, 생존을 위해서는 어떤 주장이나 다른 생각도 허용되지 않았다. 모난 돌이 정 맞는다는 속담처럼 개인은 무리 속에서만 존재의 가치를 지닐 수 있었다. 근대국가 초기에는 효율적인 방식이었다. 세상이 빠르게 변해도 인간의 의식은 느리기만 하다. 창의력과 상상력만이 미래의 생존을 보장한다는 구호에도 대중의 정서는 여전히 집단성에 기반을 둔 동일정서를 추구한다. 이 얼마나 뒤틀린 모습인가. 이런 모순과 배반 속에서 자신의 의견과 조금이라도 다르면 집단 테러에 가까운 욕설로 상대를 몰아세운다.

어떤 이는 우리가 이런 정서를 가지게 된 연원을 역사에서 찾는다. 반도라는 지형학적 위치와 잦은 전쟁, 분단 탓에 대륙으로 진출하지 못하고 섬나라처럼 갇히게 된 역사성이 획일성의 정서를 낳았다고 주장한다. 또 식민지와 함께 시작된 불구의 근대와 군사독재의 영향이 뿌리 깊게 남아 있기 때문이라고도 한다. 이제 이런 후진성을 벗어나야 한다. 싸이의 말춤이 우울증에서 잠시나마 벗어나게 해준 청량제인 것은 맞다. 또 한국의 음악을 전 세계에 알린 공도 분명하다. 그러나 싸이의 말춤이 우리가 당면한 문제들을 해결해 주지는 못한다. 싸이는 〈강남스타일〉로 엄청난 돈을 벌어들이겠지만,

생태계도 다양한 생물의 종이 어우러져야 건강하다. 특히 문화는 다양성의 토대 위에서 화려한 꽃을 피울 수 있다. 세계사에서도 경제의 중심지였던 도시는 역사의 몰락과 함께 그 이름이 사라졌지만, 문화가 융성했던 도시는 시간이 흘러도 명성이 유지되었다. 조선의 르네상스기라 칭하는 18, 19세기는 문화가 활짝 피어나던 시대였다. 산수화 일색에서 단원의 풍속화와 혜원의 그림이 등장했으며, 〈홍길동전〉 같은 한글소설도 창작되었다. 지금 우리가 자랑하는 문화유산 대부분이 그 시대에 생산된 것들이다. 정조 사후 노론 세력이 장기집권하면서 우리 문화도 침체기로 접어든다.

가을이 깊어간다. 여기저기서 음악회나 공연이 열린다. 가곡의 밤에 가서 가을을 노래한 가사와 선율에 젖어보거나 통기타 반주에 맞추어 손에 손을 잡고 추억의 노래를 같이 부르거나 장사익의 〈동백아가씨〉를 들으며 마음을 나누고 교감하고 싶다. 단풍의 색깔이 아름다운 것도 여러 색상이 함께 어우러지기 때문이 아닌가. 그리고 보니 출근길에 보는 느티나무 가로수에도 곱게 단풍이 들었다. 〈2012. 10.〉

그림자놀이

정전이다. 온 세상이 깜깜하다. 갑자기 암흑상태가 되자 생각도 정지되고 당혹스럽다. 실은 밤이 되면 깜깜해지는 것이 자연스러운데, 전기가 없는 밤은 불편하고 두렵기까지 하다. 조금 지나자 주변의 사물이 흐릿하게 보이기 시작한다. 더듬거리며 양초를 찾아 불을 켠다. 촛불이 비추는 반경은 한정적이나 사물은 다르게 다가온다. 전깃불 아래서 볼 수 없었던 낯선 전경이 펼쳐진다. 불현듯 아득한 시간 너머의 기억 하나가 떠오른다. 그림자놀이다.

명절날 시골 큰집에 가면 사촌들과 그림자놀이를 했다. 비좁은 방에서 호롱불을 배경으로 벽에다가 그림자를 만들었다. 주로 손가락을 사용했다. 여우나 토끼, 개구리 같은 작은 동물의 모양을 흉내 내며 놀이의 무아지경으로 빠져들었다.

그것도 심심해지면 온몸으로 그림자를 만들며 놀았다. 사물의 실재와는 다르게 보이는 그림자가 얼마나 신기했는지. 우리의 몸짓에 호롱불은 몇 번이나 사그라지다 되살아났다. 할머니의 꾸지람도 아랑곳하지 않고 그림자와 놀다 보면 어느새 밤이 깊어가고 있었다.

밤이 되면 강변으로 나간다. 무더위에 지친 사람도 시원한 강바람을 맞으러 강변으로 나온다. 제각기 자유롭게 천천히 걷거나 달린다. 한가롭고 평화로운 풍경이다. 어둠이 짙어지면 지상의 풍경이 어둠 속으로 스며든다. 햇볕 아래서 또렷하게 보이던 사물도 형태만 보일 뿐 구체적인 형상은 사라진다. 밤이라는 자장 안에서 지상의 모든 존재는 그림자로 탈바꿈한다. 낮 동안 긴장했던 자아를 내려놓고 천천히 걷는다. 어둠이 나의 실체를 숨겨주니까.

어느 날부터 나는 재미있는 놀이를 즐기게 되었다. 다리쉼을 하던 나는 강 건너 산책길을 걷는 사람의 몸놀림을 유심히 바라보았다. 강을 사이에 두고 보니 상대가 누구인지 알수가 없었다. 주체나 객체 모두 익명성이 보장되니 오래 바라보아도 무관했다. 내 시선의 반경 안으로 들어왔다 사라지는 사람의 몸놀림은 그림자처럼 보였다. 혼자 혹은 서넛이 무리를 지어 걸어가는 모습은 집단 무용극이나 무언극을 보는 듯 흥미롭다.

그림자는 검은 실루엣으로만 드러날 뿐 개별성이나 구체성은 어둠에 파묻힌다. 이 놀이에 집중하다 보면 엉뚱한 상상력이 날개를 펼치기도 한다. 몸놀림을 자세히 보면서 그 사람의 성격이나 나이 따위를 유추해 보는 것이다. 상대에 대한 어떤 정보나 지식도 없이 오로지 그림자만 보면서. 대체로 그림자놀이는 혼자만의 유희로 막을 내린다. 이 시대의 삶이 마치 그림자놀이 같다. 미디어가 보여주는 그림자를 바라보고 환호하고 욕한다. 정치인이나 연예인은 그럴듯하게 포장된 모습만 대중에게 보여준다. 무엇이 진실이고 그림자인지 도무지 알 수가 없는 세상에 살고 있다.

디지털 기술의 발달은 이미지의 확대와 대량복세의 시대를 열었다. 이미지의 조작은 상식이며 일상이다. 프랑스 철학자장 보드리야르에 의하면 현대 자본주의 사회는 사물이 기호로 대체되며, 현실의 모사나 이미지, 즉 시뮬라크르가 실재를지배하는 사회다. 주민등록번호, 명품가방, 이미지 사진 등이바로 시뮬라크르다. 수백만 원짜리 명품가방이 여성의 사회·경제적 상징기표가 된 세상이다. 영상매체가 지배하는 시대인지라 시각적 이미지가 중심이다. 한 인간이 지닌 자질이나 품성보다 우선하는 것이 외모이다. 남녀노소 외모 가꾸기에 많은 시간과 돈을 투자한다.

실재와 그림자 사이의 간극을 어떻게 메울까. 그림자에 내

포된 진실을 볼 수 있는 안목을 갖추려면 본질을 꿰뚫는 심안을 갖추어야 하리라. 그림자는 빛의 방향이나 밀도에 따라 변화하는 속성을 지닌다. 그래서 항상 불안하고 가변적이다. 조작된 이미지 속의 나는 과연 나일까, 아니면 나의 그림자일까. 혼란스럽다. 디지털 세상이 되면서 너도 나도 그림자만 좇아가는 것은 아닌지. 점점 파편화되고 복잡해지는 사회 속에서 우리는 서로의 그림자를 실체로 착각하면서 살아가고 있다. 하지만 길지도 않은 생을 그림자에 속아 헛발질만 하면서 살 수는 없지 않은가.

〈2013. 8.〉

피에타와 신라 토우

　오랜만에 가는 서울 미술관 나들이였다. 뒤늦게 소문을 듣고 간신히 자리를 얻어 운 좋게 동행하게 되었디. 도로 사정이 최적의 상태를 제공한다 치더라도 왕복 6시간이 걸리는 만만찮은 거리다. 그림과의 만남은 내 안에 잠자던 감성을 일깨우는 명약인데 무얼 주저하랴. 미술관이나 박물관 나들이는 내가 즐기는 정신적 호사 중 한 가지다. 그림 감상도 보는 만큼 늘고, 아는 만큼 보이니까.

　어떤 조각상 앞에 발걸음이 멈추었다. 미켈란젤로의 피에타 조각상이었다. 피에타란 이탈리아어로 자비를 베푸소서, 라는 뜻으로, 마리아가 죽은 예수를 안고 있는 모습이다. 이 피에타상은 유일하게 미켈란젤로가 자신의 이름을 새긴 작품으로, 섬세하고 사실적인 르네상스 미술의 대표 명작이다.

예술작품을 사진으로 보는 것과 실물을 직접 보는 것은 확연한 차이가 있다. 비록 모조품이지만, 단단한 대리석으로 그토록 사실적이고 섬세한 조각상을 만든 손길이 경이로웠다. 과연 그는 돌에 숨어있던 예수의 형상을 찾아낸 천재 예술가였다. 무생명의 돌덩이를 쪼아 생명을 불어넣은 피에타는 인간의 영역을 초월한 신의 계시를 현시顯示한 것이리라.

그런데 십자가에 못 박혀 죽은 예수를 끌어내려 안고 있는 어머니의 얼굴이 너무 평온하다. 동행한 지인은 아들인 예수보다 어머니의 얼굴이 너무 젊어 이상하다고 말했다. 자식을 앞세운 부모가 겪는 참척慘慽의 아픔은 자식을 낳아 키워본 이라면 충분히 상상할 수 있다. 우리나라 작가가 피에타를 조각한다면 어떤 모습일까. 주름투성이의 어머니가 고통에 일그러진 얼굴로 아들의 주검을 안고 울고 있을 터이다. 그러고 보니 마리아의 표정이 무심한 듯도 하고, 모든 슬픔을 초월한 표정처럼 보이기도 했다. 아니면 예수의 부활을 믿었기 때문일까.

경주박물관에 가면 고대 신라인이 흙으로 빚은 토우土偶를 볼 수 있다. 나는 박물관에 갈 때마다 미술실로 가서 토우를 만난다. 마치 어린아이가 만든 것처럼 천진스럽다. 섬세하거나 화려하지는 않지만 소박한 아름다움이 눈길을 사로잡는다. 토우는 고대인의 삶과 꿈을 엿볼 수 있는 흥미로운 유물이다. 유약이 없던 시대였으니 그냥 흙으로 빚어 불에 구운 작은 인형이다. 기와집이나 수레 모양도 있고, 그릇에다 갖가지 동물이나 사람 형상도 만들어 붙였다. 원시미술이 추구하는 다산과 풍요를 기원하는 주술적 의미가 담겨있으나, 악기를 연주하며 노래하는 사람, 엎드려 맞절하는 사람 등 인간적인 모습도 담아냈다.

어느 날, 강렬한 아우라로 내 마음을 사로잡은 토우가 하나 있다. 주검을 앞에 두고 우는 사람의 모습이다. 나는 자석에 끌리듯 오래 바라보았다. 눈코입도 없고 옷 주름도 없는 전체의 윤곽만 대충 빚은 작품이다. 유방을 강조한 걸로 보아 여성이다. 앞에 놓인 주검은 부모인지, 남편인지, 자식인지 알 수가 없다. 그런데도 통곡하는 여인의 슬픔이 생생하게 느껴졌다. 그 여인의 아픔이 내게 고스란히 전이되어 오는 듯했다. 미켈란젤로의 피에타와 견주면 미학적으로 비교가 안 된지만, 내게 다가오는 느낌은 훨씬 더 강렬하다. 아들의 주검을 안고 슬픔을 초월한 마리아보다 아픔을 그대로 토로하는 신라 여인이 훨씬 인간적이지 않은가. 신라 토우는 예술성은 빈약하지만, 인간의 원초적 감정을 잘 드러낸다. 아무래도 나는 신라 토종의 유전자가 강하게 작동하고 있는가 보다.

나의 이런 관점이 지나친 민족주의의 발로인지도 모르겠다. 학교에서 서양 미술만 가르친 것에 대한 반발 심리와 조상에 대한 미안함으로 편향적 애착을 드러내는 것인지도 모른다. 서구의 화려한 예술품에 주눅이 들어 우리 예술이 지닌 가치나 의미를 몰랐던 것도 사실이다. 내 정서의 뿌리가 되는 우리 것에 대한 눈을 뜨게 되면서 다른 나라의 문화도 제대로 보이기 시작했다. 로마의 교황이 미사 집전 때 사용하던 향로와 부여의 금동대향로는 형상이나 조각은 다르지만, 그 작품이 지닌 의미나 예술성은 동일하다는 것을 느낀 나들이였다. 이런 자리에 오기까지 나는 너무 먼 길을 돌아왔다.

〈2012. 1.〉

박수근의 그림과 만나다

내 책상 앞에 작은 그림 하나가 놓여 있다. 책상에 앉아 책을 보거나 글을 쓰다가 고개를 들면 내 시선과 마주치는 지점에 그림을 두었다. 지인의 집에 걸린 달력에서 오려 액자에 넣은 박수근의 〈나목〉이다. 원작이 지닌 질감과 색상을 충분히 잘 살린 괜찮은 인쇄본이다. 진품이라면 더할 나위 없이 좋겠지만, 모조품이라도 충분히 즐길 수 있다. 나는 그 그림과 눈을 맞출 때마다 행복하다. 그림을 바라보면서 박수근의 따뜻한 영혼과 교감하고 그림 속 인물과 대화를 나눈다.

지난여름을 무사히 보낸 것을 자축하며 길을 떠났다. 경주 우양미술관의 '아름다운 열정 박수근 이중섭' 특별전을 보기 위해서다. 진품을 만나는 기회가 그리 흔한 일이 아니기에 두 번째 가는 길이다. 좋은 그림은 볼 때마다 다르게 다가오니까. 교과서에서 보던 그림을 만날 기회인지라 조금 흥분한 상태였다. 박수근의 그림은 생각보다 크기가 작았다. 작은 액자 속에 얌전히 들어앉아 있는 그림 속 인물이 반가웠다. 그 속에는 나도 있었다. 앞머리를 가지런히 자른 디근자형 단발머리의 소녀가 책을 읽고 있었다. 얼마나 이야기가 재미 있는지 소녀는 책 속으로 완전히 몰입한 듯 보였다. 동생을 돌보라는 엄마의 잔소리를 피해 잠시 독서삼매경으로 빠진 것이리라.

시장의 노점상 아주머니, 하루의 노동을 마치고 서둘러 귀 가하는 여인, 장터에서 만나 이야기를 나누는 사람 등 박수 근의 그림에는 평범한 우리네 이웃이 등장한다. 그림 앞에 서면 낮은 목소리로 두런두런 나누는 이야기 소리가 들려온 다. 그들이 친근하고 다정스럽게 내게 말을 걸어온다. 헐벗 고 가난한 시절이었지만 그림 속 풍경은 포근하다. 나목 아 래서 무언가를 줍는 아이도 있다. 군불을 지필 땔감을 줍는 지도 모르겠다. 박수근의 그림을 가만히 들여다보면 가슴이 따스해 온다. 묘한 기분이다. 비록 현실은 나목처럼 남루하 지만, 곧 봄이 오리라는 희망 같은 것을 읽을 수 있다. 나무가 내게 말한다. 이 추운 겨울을 잘 견디면 머잖아 봄이 온다고.

이번 전시회에서 만나지는 못했지만, 내가 좋아하는 박수 근의 그림은 두 여인의 모습이다. 한 여인은 〈기름장수〉다.

머리에 기름병을 담은 작은 바구니를 이고서 걸어가는 여인의 뒷모습이다. 오랜 세월 이 장사를 했는지 머리에 인 바구니를 손으로 잡지도 않고 걷는다. 치마도 허리춤에 걷어 올리고, 소매도 걷어 올렸다. 검정 고무신을 신고 팔자걸음으로 온 골목을 누비고 다니는 기름 행상인의 모습이다. 옆으로 고개를 돌린 여인의 뒷모습은 당당하고 씩씩하다. "참기름 사이소, 들기름 사이소."라는 여인의 외침이 들려오는 듯하다. 이 여인을 오래 보고 있으면 나도 살아갈 용기가 솟아난다.

또 다른 그림은 〈앉아 있는 여인〉이다. 앞의 〈기름장수〉와 나란히 두고 감상하기를 즐긴다. 곡식을 가득 쌓은 함지박을 앞에 두고 거리 행상을 하는 여인이다. 하얀 머릿수건과 입성을 단정하게 차려입고, 두 손을 가지런히 모은 채 깊은 생각에 잠겨 있다. 곡식이 수북한 걸로 보아 아직 개시도 못 한 모양이다. 눈을 치뜨고 행인에게 소리를 질러야 하는데, 입에서 차마 말이 나오지 않는 듯 입을 꼭 다물고 있다. 아마도 전쟁으로 인해 갑자기 가족의 생계를 짊어지게 된 여염집 여인이 아닐까. 그의 모습이 슬프고 애잔하다. 살림만 하던 여인이 갑자기 장사하려니 자신의 처지가 얼마나 서글프고 난감했을까. 나라도 곡식을 몇 되 팔아주면 좋으련만.

한 시간 가량 전시실을 천천히 돌면서 박수근의 그림과 만났다. 유명한 〈빨래터〉 그림도 보았다. 그의 그림 속에서 혹

백으로 남은 한 시절의 기억들과 조우했다. 만남은 따스하고 행복했다. 전후 폐허의 터전에서 삶을 견뎌야 했던 시절이니 어찌 상처가 없었으랴. 박수근은 그런 시대의 아픔을 평범한 이웃에 대한 사랑으로 극복하고자 했다. 한 계절이 교차하는 시간이다. 무더위도 힘들었지만, 희망을 품을 수 없는 현실이 더 무겁다. 박수근은 수많은 죽음과 파괴의 상흔이 드리운 회색의 시대에 나목을 보면서 희망의 봄을 갈망했을 것이다. 집으로 돌아오는 길에 그림 속 소녀가 내게 속삭인다. 사람이 가장 귀하고 아름다운 존재라는 것을, 인간에 대한 믿음이 절망과 고통을 이겨내게 해준다는 것을.

〈2013. 9.〉

즐거운 편지

창밖에 가득히 낙엽이 내리는 저녁

나는 끊임없이 불빛이 그리웠다
바람은 조금도 불지를 않고 등불들은 다만
그 숱한 향수와 같은 것에 싸여가고
주위는 자꾸 어두워 갔다
이제 나는 한 잎의 낙엽으로
좀 더 낮은 곳으로 내리고 싶다
　　　　　　　- 황동규, 〈시월〉 중에서

　시월의 마지막 날 아침, 스마트폰의 신호음이 울렸다. 전
자메일로 시 두 편이 배달됐다. 과제를 하느라 마음이 바빴
지만, 메일을 열고 시를 찬찬히 음미해 보았다. 시를 읽는 동

안 내 가슴에도 낙엽이 내리고 있었다.

기분 좋은 아침이었다. 전혀 예상하지 못한 뜻밖의 편지를 받았으니 어찌 기쁘지 않으랴. 시인 황동규의 〈즐거운 편지〉와 〈시월〉이란 시인데, 깊어가는 가을과 잘 어울리는 시였다. 세상의 어떤 귀한 선물보다 더 울림이 컸다. 이유는 무얼까. 아마도 가을이라는 시·공간적 배경과 편지로 배달되어 온 시가 감성의 현을 건드렸기 때문이리라. 두 편의 시는 해 질 녘 산사에서 울려 퍼지는 종소리처럼 내 마음에 스며들었다. 나는 젊은 날 친구와 주고받은 편지를 지금까지 간직하고 있다. 그 가운데는 여행지에서 보내온 엽서도 있고, 소설을 쓰던 친구가 보내온 열 장이 넘는 긴 편지도 있다.

내 삶의 이력에서 편지는 중요한 부분을 차지한다. 글쓰기 공부의 시작도 편지쓰기에서 출발한다. 초등학교 4학년 무렵 가톨릭 수도사인 친척 오빠가 군대에서 이종사촌인 내게 편지를 보내왔다. 같은 종교를 가진 친밀감이 작용한 듯싶다. 나는 열심히 오빠에게 답장을 썼다. 오빠의 반듯반듯한 글씨체와 유려한 문장, 편지의 형식을 그대로 모방하면서 글쓰기 훈련을 했다. 가끔 보내오는 학용품은 편지쓰기의 즐거움을 더해 주었다. 편지를 우체통에 넣고 내 편지에 대한 답장이 올 때까지 기다리는 시간은 얼마나 설레었던가. 그 기다림은 감미롭고도 향기로웠다.

여고 시절에는 날마다 친구와 쪽지편지를 주고받았다. 무슨 할 말이 그리 많았을까. 쪽지편지는 사춘기 소녀의 고민과 감성과 웃음을 싣고서 우리 사이를 오갔다. 대학 시절 첫 사랑의 남자가 군대에 갔다. 그가 입대하는 날부터 제대하는 날까지 매일 한 통씩 편지를 썼다. 그와 내가 주고받은 천여 통의 편지는 둘의 인연이 끝난 후 한 줌의 재로 사라지고 말았다. 편지는 그와 나를 이어주는 가교였으며, 미완으로 끝나버린 첫사랑의 비망록이었다.

전자우편으로 매일 편지가 온다. 편지의 내용은 카드 대금 고지서를 비롯하여 업무와 관련된 메일, 온갖 상품 광고 등 다양하다. 며칠 정리를 하지 않으면 메일이 가득 쌓인다. 제목만 대략 훑어보고 대부분 쓰레기통으로 보내 버린다. 메일을 받고 반가운 마음으로 열어보는 경우는 드물다. 오랜 세월 소식이 없던 친구가 소식을 전해온다든가, 내가 보내준 책을 받고 진심으로 고마운 마음을 담아 보내온 메일은 오래 기억에 남는다. 그래도 예전 집배원이 전해준 편지를 두근거리는 마음으로 뜯어보던 그런 기분에는 미치지 못한다.

미디어학자 마셜 맥루한은 "미디어가 곧 메시지다."라고 말했다. 이 말은 미디어가 지닌 속성이 형식은 물론이거니와 내용, 감성과 문체까지 바꾸어 놓는다는 뜻이다. 예전 밤새도록 손으로 써서 고치고 또 고쳐 편지봉투에 밀봉하여 빨간 우체통에 넣어 부치던 편지와 오늘날 빛의 속도로 주고받는 전자메일은 본질적인 차이가 있다는 것이다. 가장 큰 차이는 기다림이 아닐까. 편지를 보내 놓고 답장이 오기까지의 시차가 생성하던 상상과 설렘은 얼마나 애틋했던가. 정성 들여 쓴 손 글씨에 묻어오던 마음과 감성이 사무치도록 그리운 것은 가을이라는 계절 탓만은 아니리라.

이 가을이 다 가기 전에 누군가에게 손으로 쓴 편지를 보내고 싶다.

> 내 그대를 생각함은
> 항상 그대가 앉아있는 배경에서
> 해가 지고 바람이 부는 일처럼
> 사소한 일일 것이나
> 언젠가
> 그대가 한없이 괴로움 속을 헤매일 때에
> 오랫동안 전해오던 그 사소함으로
> 그대를 불러 보리라.
> - 황동규, 〈즐거운 편지〉에서

〈2013. 11.〉

그림이 있는 거실

　내 생애 처음 만난 그림은 이발소 그림이다. 아침마다 이발
소에 간 아버지를 찾아 문을 열면 그림 하나가 내 눈에 들어
왔다. 그 당시 유행하던 나훈아의 〈고향역〉 노랫말과 잘 어울
리던 싸구려 복제그림은 지금도 선명하게 떠오른다. 집 뒤에
복사꽃이 핀 초록의 동산이 있고, 앞에는 시냇물이 흘렀다.
개울가 언덕의 초가집 한 채, 외양간과 소, 마당에는 닭과 오
리가, 집 옆에는 물레방아가 있는 풍경화였다. 농경시대의 이
상향이 그곳에 있었다. 극장 간판 그림 같은 이발소 그림은
평화로운 농촌의 상징물처럼 각인되었다.

　우연한 기회에 그림 읽기 공부에 발을 내딛게 되었다. 그림
을 그리는 재주는 없지만, 좋은 그림을 감상하고 느끼는 일은
삶의 또 다른 즐거움을 가져다 주었다. 그림에 숨은 코드를

하나씩 발견하고 해석하는 기쁨은 문학작품이 주는 감동 못지않았다. 마음이 우울한 날은 샤갈의 그림을 오래 들여다본다. 환상적 이미지를 자아내는 푸른빛 사이로 환한 등불이 켜진다. 또, 머리가 복잡한 날은 김점선의 순진무구한 동심 같은 그림을 본다. 그림 속으로 들어가 이리저리 노닐다 보면 시나브로 근심 걱정이 사라진다. 그림 감상은 외롭고 스산한 삶의 뜰에 꽃을 심고 나무를 가꾸는 나만의 방법이다.

대구에서 색다른 전시회가 있었다. 대구화랑협회가 주관하는 '호텔 아트페어 인 대구'가 노보텔 대구시티센터에서 열렸다. 호텔 객실을 갤러리로 변신시킨 이색 행사였다. 화랑을 오래 운영해온 지인의 초대를 받고 구경을 갔다. 이방 저방 기웃거리다가 맘에 드는 집에 들어가 그림 구경을 했다. 화장실에 놓인 소품 한 점은 분위기를 바꾸어 놓을 만했다. 방문객도 그림이 있는 집으로 초대받은 양 다과와 차를 마시며 편안하게 담소를 나누었다. 그림을 생활공간으로 가져온 기획의도가 신선했다. 화랑에서 손님을 기다리기보다 그림을 들고 고객을 찾아가는 전시회였다.

그림이 있는 객실은 여느 집 거실처럼 아늑했다. 네모난 공간의 화랑에서 그림을 볼 때와는 확연히 느낌이 달랐다. 갤러리에 걸린 그림이 누군가를 기다리는 나그네 같다면, 객실에 놓인 그림은 비로소 제자리를 찾은 주인처럼 편안하게 다가

왔다. 소나무와 바다가 있는 풍경화에는 파도 소리와 바람 소리가 담겨 있었다. 침실에 놓인 한지 그림은 색다른 분위기를 연출했다. 집집이 거실에 침실에 그림 한 점씩 걸어 둔다면 우리네 삶에도 파도 소리가 들려오지 않을까. 그림이 자리한 면적만큼 감성의 영역도 확장할 수 있을 것이다.

문제는 그림값이다. 일반 서민은 몇 달치 월급을 털어야 겨우 그림 한 점 살 수 있다. 나 같은 순수애호가의 처지에서 보면 그야말로 그림의 떡이다. 그림이 언제부터인가 부의 축적 수단으로, 부정한 청탁의 뇌물로, 세금회피를 위한 부의 대물림 수단으로 거래된다. 예술작품은 자본주의 사회에서 의도와는 다르게 변용되고 있다. 예술이 경제적 가치로만 환산되는 사회에서 진정한 예술혼이 제대로 평가받기란 어렵다. 시민들이 그림을 가까이하기 위해서는 그림값을 낮추어야 한다. 아니면 유럽처럼 그림 대여제도를 도입하는 것도 괜찮을 것 같다. 저렴한 가격에 좋아하는 그림을 임대해서 집안이나 사무실에 걸어둘 수 있다면 그림이 우리 곁으로 한 발짝 다가오지 않을까.

책도 처음에는 귀족이나 성직자의 전유물이었다. 그러다가 지금은 시민에게 찾아가는 이동도서관도 있고, 집에서 가까운 작은 도서관도 점점 늘어난다. 동네마다 작은 화랑이 있는 꿈을 꾸어본다. 책을 빌리듯이 맘에 드는 그림을 저렴하게 빌

려 거실에, 아이들 공부방에, 주방에 하나씩 걸어두고 살고
싶다. 유명세에 기댄 일부 작가의 그림값은 억대를 호가한
다. 그러나 대다수 예술가는 여전히 가난하다. 칙칙한 장마
철엔 화사한 꽃 그림을, 무더위에 지친 날은 푸른 바다나 숲
의 생명력을 느낄 수 있는 그림을 보면 사는 일이 좀 유쾌해
질 것이다. 삭막한 세상살이에 지친 마음을 그림을 보면서
순화할 수 있다면 이 또한 힐링이 아니겠는가.

〈2012. 7.〉

고독을 즐기는 시간

늘 한산하던 진입로였다. 그런데 이상하게도 차가 느리게 올라갔다. 주도로에 올라서자 길게 줄을 선 차량의 행렬이 비로소 내 눈에 들어왔다. 그 도로에 끝이 보이지 않을 만큼 차가 줄지어 선 장면은 처음이었다. 당혹스러움과 난감함이 겹쳤다. 왜 이런 상황을 미리 예측하지 못했을까. 후회가 밀려왔지만, 이미 돌아갈 수 없는 지점이었다. 반대편 도로에는 보란 듯이 차가 쌩쌩 지나갔다. 도로 위에 갇힌 신세가 된 차는 그저 달팽이 걸음 같은 느린 속도로 앞으로 나아갈 뿐이었다.

이 상황을 견딜 것인가, 거리가 먼 우회도로로 돌아갈 것인가를 판단해야만 했다. 나는 돌아가는 길을 선택했다. 명절마다 겪어야 했던 귀성전쟁이 떠올랐다. 사각형의 비좁은 승용

차 안에서 몇 시간을 구겨진 물건처럼 갇혀 있다는 것은 생지옥이었다. 그때의 경험은 강한 트라우마를 남겼다. 도로 표지판에 그려진 마을로 내려가는 좁은 도로가 내 눈에 들어왔다. 왼쪽 깜빡이를 넣고 좌회전했다. 텅 빈 도로를 달리는 쾌감은 짜릿했다. 차 문을 열고 봄기운을 한껏 들이마셨다.

논 사이로 난 좁은 길을 따라가면 작은 마을이 나타난다. 봄이면 새색시 같은 복사꽃이 산자락을 곱게 물들이고, 가을이면 주홍빛 감이 홍등처럼 마을을 장식하는 산골 마을이 나타난다. 머리가 아프거나 마음이 복잡하면 자주 그 길을 달리곤 했다. 인적도 없고 차량도 드문 그 길을 달리면 적막감과 쓸쓸함마저 감미롭게 다가온다. 혼자 가는 산골길에서는 완벽한 고독을 즐길 수 있다.

최근 나는 번잡한 인간관계에 지쳐 몸과 마음에 탈이 났다. 거리 유지에 실패하여 지치고 힘들었다. 사람으로부터 도망치고 싶었다. 복잡한 마음을 정리하려면 혼자 생각할 절대적 시간이 필요하다. 그 길은 주기적으로 겪는 피로감을 치유하는 데 좋은 길이다. 복잡한 도로에서 이탈을 결심한 나는 먼 길을 돌아왔다. 시간이 더 걸리는 만큼 기름의 계기판도 한 칸 더 내려갔다. 그러나 돌아오는 길에서 나는 오롯이 내게 집중할 수 있었다.

근대성에 대한 천착으로 잘 알려진 폴란드 출신의 사회학자 지그문트 바우만은 온갖 관계망에 포위된 채 살아가는 현대인의 삶을 "고독을 잃어버린 시간"으로 정의했다. 우리가 페이스 북이나 카톡에 집착하는 것은 무리에서 이탈하거나 홀로 있는 것을 못 견디는 불안 심리가 깔려있다고 한다. 인터넷 상에서 끊임없는 접속을 통해 자신의 존재를 확인해야 한 안심이 되는 현대인은 고독을 잃어버린 사람이 아닐까. 바우만의 말처럼 홀로 고독하게 걸어가는 것을 즐기지 못하는 사람은 진정한 자기를 발견하기 어렵다.

현대인은 고독의 양 극단에서 살아간다. 한쪽에서는 고독을 잃어버린 채 멈추지 않은 기계처럼 살아간다. 또 다른 쪽에서는 죽음조차 혼자 맞이하는 고독사하는 사람이 있다. 사본주의와 디지털 시대가 지닌 비극이다. 때로는 자신에게만 몰입하면서 홀로 있는 시간도 필요하지 않은가. 내면을 지긋이 응시하면서 자신의 마음을 읽는 성찰의 시간을 절실히 원하지만 현실은 그렇지 못하다. 사찰에서 진행하는 명상 프로그램에 많은 사람이 몰려드는 것도 이런 이유일 터이다. 봄이 오는 산길을 느리게 달리며 나는 고독을 만끽하고 돌아왔다.

〈2013. 3.〉

스마트폰과 만남

할 수 없이 스마트폰으로 바꾸었다. 구닥다리 휴대전화는 수명이 다해간다는 사실을 자주 표명했다. 하루도 못 가는 배터리의 수명은 여러모로 번거로웠다. 충전기를 가방에 넣고 다니면서 기회가 있을 때마다 충전하는 일은 불편했다. 주변의 성화도 한몫 거들었다. 어차피 스마트폰으로 바꾸어야 하니 지금 바꾸라고. 며칠을 고민하다가 딸에게 싸고 간편한 걸로 하나 사서 보내라고 말했다.

우선 급한 기능을 몇 가지 배웠다. 손가락을 화면에 갖다 대면 무대의 막이 열리듯 새로운 장면이 나타났다. 그러나 나의 뇌 회로는 새로운 기기에 빠르게 적응하지 못했다. 전화를 받고 거는 과정이 영 불편했다. 뚜껑만 열면 바로 목소리가 들리던 옛 전화기가 자꾸 그리웠다. 손때가 묻은 옛 전화기와 이별하는 일은 생각보다 쉽지 않았다. 나와 체온을 나누며 세상과 나의 가교 역할을 충실하게 해주던 녀석이 아니던가. 한 이틀 가방에 넣고 다녔다. 하지만 어쩌랴. 이젠 돌아갈 수 없는 강을 건넜으니.

스마트폰을 개통하고 나니 바로 반응이 올라왔다. 카톡으로 보낸 지인의 메시지였다. 내가 스마트폰으로 바꾼 것을 귀신처럼 알고 축하 문자를 보내왔다. 놀라웠다. 미처 대응할 준비가 안 된 나는 당황스러웠다. 모른 척 무시했다. 무엇보다 내 일거수일투족이 많은 이에게 알려진다고 생각하니 아찔했다. 아니 무서웠다. 내가 유명 연예인도 아니고, 내 의사와는 무관하게 내 일상이나 동선이 불특정 다수의 사람에게 알려지는 것이 싫었다.

화면에 촘촘하게 배열된 앱의 종류는 나를 질리게 했다. 손가락만 살짝 대면 작은 창이 열리고 신세계를 내 눈앞에 보여주었다. 녀석이 부리는 마술은 경이로웠다. 도대체 인간은 어쩌자고 이리도 똑똑한 기기를 만들었단 말인가. 그 녀석은 어리버리한 나보다 훨씬 스마트했다. 또 명령만 내리면 어떤 것이든 다 수행할 수 있다는 태도다. 상상 속에서나 그려보던 멀티미디어의 시대가 온 것이다. 손뼉을 치며 환호해야 하건만, 나는 왜 이리 심란하고 허둥대는지 모르겠다.

스마트폰과의 접속 시간이 점점 늘어났다. 그 기기와 접속

하는 동안 나는 그에게 완벽하게 몰입했다. 그 몰입의 시간은 달콤하고도 즐거웠다. 나의 시선과 생각, 감각은 스마트폰을 따라 움직였다. 지하철에서 스마트폰을 보다가 내릴 역을 지나쳐 되돌아오기까지 했으니 아이들이 왜 그렇게 스마트폰을 끼고 사는지 이해가 되었다. 스마트폰이 내미는 유혹의 손길을 거부하기란 사생결단의 각오가 아니면 힘들 것이다. 나는 몇 가지 결단을 내렸다. 일단 카톡을 삭제했다. 꼭 연락이 필요한 이라면 전화를 하면 된다. 메모기능과 전화, 문자, 메일확인 기능 정도만 활용할 생각이다.

새로운 도구의 등장은 인류의 역사에서 중요한 변곡점을 형성했다. 시계와 지도의 발달은 중세에서 벗어나 르네상스, 계몽주의로 나아가는 데 핵심적인 역할을 했다. 그러나 과학자에게 지적 윤리의 문제는 별로 중요하지 않다. 정치학자 랭던 위너는 "기술은 인간 활동의 보조적 역할만 하는 것이 아니라 그 행동과 의미를 재구성하는 강력한 힘이 된다."라고 주장한다. 스마트폰이란 새로운 도구는 우리의 삶과 의식의 세계를 바꾸고 있다. 즉, 호모 사피엔스(Homo sapiens)가 아닌 호모 스마트쿠스((Homo smartkus)라는 신인류로 바뀌고 있다.

젊은 남녀가 나란히 앉아 카톡으로 대화하는 장면을 자주 목격한다. 마주 앉아서 눈을 맞추고, 체온을 느끼고, 마음을 나누며 관계를 맺던 방식은 점점 사라질 것이다. 차가운 기계를 매개로 얇은 접속으로 만나고 헤어진다. 사람 관계가 점점 복잡해지는데 진정한 소통이 어려운 이유다. 스마트폰과 열애를 하며 시간을 보내기에는 할 일이 너무 많다. 스마트폰이 아무리 유능하고 똑똑해도 내 삶을 대신해줄 수는 없을 테니까.

〈2013. 3.〉

미디어와 건망증

어느 날부터 기억력에 빨간 등이 켜지기 시작했다. 외출할 때마다 한 가지씩 준비물을 빠트리는 것은 기본이고, 지명이나 사람이름이 생각나지 않아 대화를 중단하는 경우가 잦아졌다. 처음엔 난감하고 화도 났다. 책상 위 달력에 메모를 하거나 상대방에게 한 번 더 문자를 보내달라고 부탁하기도 했다. 그러다가 건망증은 일상이 되었다. 나이 탓으로 돌리며 스스로에게 면죄부를 줄 때고 많고, 상대에게 변명을 할 때도 건망증은 자주 동원된다.

노래방 기기가 등장하고 나서 노래 가사를 다 잊어버리고, 휴대전화가 나온 뒤에 전화번호를 기억하지 않는다. 무엇이든 스마트폰에 저장한다. 메뉴판에 적어놓고 알람 기능까지 해둔다. 인간의 뇌가 하던 많은 역할을 스마트폰이라는 기기로 넘겨버렸다. 그러니 기억력이 빠른 속도로 퇴화하고 있다. 강의하다가 혹은 대화 도중에 사람 이름이나 명사가 떠오르지 않아 곤란을 겪는 일이 많다. 금방 생각이 나면 다행인데, 다음날쯤 생각나서 혼자 허망한 웃음을 지을 때가 있다.

글을 모르던 할머니는 무엇이든 머리에 저장했다. 사돈네 팔촌까지 집안 사람들 생일은 물론 동네 사람 생일과 누구네 집 제사를 다 기억하는 것이 신기했었다. 글로 써서 기록하지 않으니 기억력이 발달할 수밖에 없었으리라. 구술문화의 특징이 기억이다. 말은 발화하는 순간 사라지니까 기억으로 저장하려 노력했을 것이다. 그래서 뛰어난 기억력을 가진 사람을 칭송했다.

새로운 미디어가 출현하면 인간의 몸과 두뇌도 새로운 체계에 따라 변환한다. 스마트폰은 과거 어떤 도구보다 많은 변화를 가져오고 있다. 가히 메가톤급 폭풍이다. 앞으로 오른손 엄지손가락과 밤낮으로 시달리는 눈은 어떻게 진화할까. 인간의 유전자는 오랜 농경시대에 맞추어 진화해왔다. 현생 인류는 광속도로 변하는 삶의 조건과 환경에 잘 적응하지 못하고 몸살을 앓고 있다. 과학의 속도를 따라가지 못하는 나 같은 인간은 도태될지도 모른다.

인간의 지혜와 과학이 결합하여 낳은 미디어는 인간의 삶에 깊숙이 간섭하고 지배한다. 처음에는 나의 건망증을 자연스러운 노화현상으로 이해했다. 그런데 생각해보니 휴대전화나 인터넷, 내비게이션 같은 기기의 영향도 크다. 길치가 늘어나고 지도를 읽는 독해력도 줄어든다. 직업상 많은 사람을 상대하다 보니 이름을 정확하게 잘 기억했다. 요즘은 한 학기를 마칠 때까지도 이름을 몰라 쩔쩔맨다. 아예 이름 외우기를 포기했다. 내 기억력의 퇴화는 세월과 과학 기기의 합작품이다.

인간의 뇌는 영악하다. 어느 한 부분을 사용하지 않으면 퇴화한다. 반면, 매일 사용하면 그 부분은 뇌의 신경 세포를 촘촘하게 연결하며 발달한다. 그래서 학창시절에 한 아이큐 검사는 믿을 것이 못 된다. 나는 수학의 수자만 들어도 고개를 돌리니 수리영역의 지능이 초등학교 저학년 수준일 것이다. 논리력이나 언어지능은 예전보다 훨씬 높아졌을 것이다. 새로운 기기가 등장하면 인간 뇌의 어느 한 부분은 게을러진다. 생각하는 것이 점점 귀찮아지는 인간은 삶 대부분을 IT 기기에 의지한다. 내비게이션이 없으면 길을 떠나는 것이 불가능한 시대가 올지도 모른다.

중년의 친구끼리 만나면 건망증 경연대회를 하는 듯 기상천외한 사건을 풀어놓는다. 박장대소하지만, 마음 한구석에는 스산한 바람이 분다. 어쨌든 죽을 때까지 기억과 건망 사이를 줄타기 하며 살아야 하지 않겠는가. 그렇다고 스마트폰을 버릴 수도 없고 내일부터 구구단 외우기라도 해야 하나. 과학이 인간에게 준 선물인 기기가 건망증 재촉의 주범이라는 사실은 아이러니다. 과학기술은 자기 논리를 가지고 자율적 체계로 움직이지만, 윤리적 문제는 배제한다. 인간의 두뇌가 앞으로도 예전처럼 자율적 체계를 가질 수 있을까. 내 기억력을 이미 스마트폰에 아웃소싱했는데 말이다.

〈2013. 5.〉

빗살무늬토기와 욕망

가을비가 추적추적 내리던 휴일 오후, 시인 친구의 전화를 받고 길을 나섰다. 젖은 낙엽이 선명한 색상으로 꽃잎처럼 도로에 누워 마지막 가을을 전송하고 있었다. 그림을 좋아하는 이들이라 함께 근교의 갤러리로 갔다. 도자기 전시장에 들어가 느긋하게 눈요기를 하다가 나는 그만 강렬한 전기에 감염된 듯 어떤 그릇에 눈길이 꽂히고 말았다. 따스한 차를 주문해 놓고 창밖을 바라보는데 내 눈앞에 그 그릇이 자꾸 떠올랐다. 동행한 지인들은 경치에 감탄하며 사진도 찍고 하는데 도무지 경치가 맘에 들어오지 않았다. 나는 그릇 주위를 떠나지 못한 채 빙빙 돌고 또 돌았다.

크기가 작아 한 손에 들고 마치 신기한 보물을 발견한 듯 사랑스러운 시선으로 감상했다. 눈치 빠른 관장이 내게 다가

왔다. 작가에 대한 장황한 찬사와 이걸 사 두면 가격이 오를 거라는 등 구매의 당위성에 대한 현실적인 이유를 늘어놓았다. 나는 그의 말은 귓전으로 흘려보냈다. 미술품을 재산증식의 수단으로 사 모아 둘 만큼 부자도 아니고, 투자니 하는 경제 용어와는 무관하게 살아왔다. 그런데 나를 유혹한 그 도자기를 소유하고 싶다는 강렬한 욕망이 솟아올랐다. 가격도 그리 부담스럽지는 않았다. 집이 좁아 도자기를 둘 곳도 마땅치 않고, 아무리 좋은 것도 몇 년 지나면 시들해지고, 결국은 애물단지로 전락한다는 것을 경험으로 알고 있기에 갈등하고 망설였다.

자그마한 청화백자였다. 모양은 달항아리를 축소한 듯 그대로 빼닮았고, 유백색의 바탕에 청화로 추상 문양이 그려진 것이었다. 단정하고 반듯한 그릇의 외양과는 달리 문양은 매우 자유로웠다. 아무렇게나 붓을 놀리다가 작가의 마음이 닿는 곳에 방점을 찍은 듯이 붓을 문질러 진한 흔적을 남겨놓기도 했다. 선과 삼각형, 원이 만나 이룬 추상문양이었다. 아이의 그림처럼 천진난만하기도 했고, 무질서한 가운데 질서를 찾아가는 심로心路같기도 했다. 불규칙하게 그려놓은 문양이 온갖 상상을 불러일으켰다. 흰색과 청색의 조화, 정형과 부정형의 대비가 묘하게 내 마음을 끌어당겼다. 아마 내 안에 잠자던 무의식의 현을 건드린 것이리라.

집에 와서 책장 한가운데 공간을 마련하여 도자기를 놓았다. 그 도자기를 바라보면 내 마음이 풍선처럼 부풀어 오르면서 자꾸만 입꼬리가 올라갔다. 첫 아이를 낳고 키우면서 아이와 눈을 마주치면서 느끼던 그런 기분이랄까. 그 미소는 원초적인 영역에서 발현되는 본능이었으며, 마음 저 깊은 곳에서 우러나오는 환희였다. 예술작품이 뿜어내는 아우라에 감전되면 이성이고 논리고 없다. 그냥 좋은 거다. 예술작품과 교감하면서 느끼는 특별한 감흥은 자주 오는 것이 아니다. 언어로는 도저히 설명할 수 없는 직관과 느낌이 전율로 다가온다. 내가 살아오면서 쌓은 경험과 설명할 수 없는 무의식, 개인적 감성과 예술적 취향 등이 복합적으로 어우러진 결과물이기 때문이다.

박물관에 가면 압도적으로 많은 수량의 유물이 그릇이다. 수년 전에 경주박물관에서 열리는 '황남대총특별전'을 보러 갔다. 무덤의 주인이 누구인지는 모르지만, 왕과 왕비의 쌍분묘에서 출토된 유물 종류가 무려 5만 8000여 점으로 어마어마했다. 특히 왕비의 부장품으로 출토된 그릇을 보고 나는 입을 다물지 못했다. 서문시장 그릇가게를 보는 듯 전시장 천정까지 쌓아 놓은 그릇은 상상을 초월했다. 큰 항아리에서부터 작은 그릇까지 모양도 다양하고 그릇의 수도 엄청났다.

고대국가의 무덤 속 부장물의 양은 권력의 크기를 가늠하는 잣대이기도 하다. 전시관을 거의 다 돌아갈 때쯤 마음속에서 불온한 반발심이 비집고 올라왔다. 아무리 왕비라지만, 무덤에 이렇게 많은 그릇을 가져갈 필요가 있었을까, 장례용 부장품을 마련하기 위해 얼마나 많은 사람이 노역을 했을까 등 권력자가 품었던 한계 없는 욕망에 진절머리가 났다. 고려 말에 생산된 빼어난 고려청자나 조선 후기의 청화백자 등이 백성을 위한 정치는 뒷전이고 권문세가나 귀족들의 화려하고 사치스러운 향락이 낳은 결과물이 아닌가. 정치가 타락할수록 예술은 화려해지는 역사의 아이러니를 다시 생각하게 된다.

내가 개인적으로 좋아하는 고대 그릇은 흙으로 빚어 구운 신라토기와 가야토기다. 회색토기는 사치스럽지 않고 소박한 아름다움이 느껴진다. 뚜껑이나 목 부분에 뱀과 개구리, 거북이 같은 동물이나 사람을 작게 빚어 장식했다. 그리고 악기를 연주하거나 사냥하는 사람, 성교하는 사람을 빚어 붙이기도 했다. 토기의 몸체에는 주로 추상적 무늬를 그렸다. 모두 종교적 기원의 상징물이다. 예술성 이전에 인간의 가장 원초적인 욕망을 담고 있기에 절절하다. 모두 죽은 자의 평안과 영혼의 승천을 돕기 위한 껴묻거리로 만든 것이다. 나도 죽으면 이승의 인연과 회한을 다 떨쳐버리고 새처럼 훨훨 자유롭게 날 수 있을까. 고대인이 지녔던 죽음과 사후 세계에 대한 긍정적 인식은 나도 배우고 싶다.

인류가 최초로 만든 그릇은 빗살무늬토기다. 신석기 후반 무렵부터 점차 정착생활로 접어들었고, 그릇을 만들기 시작했다. 진흙을 짓이겨 둥글게 말아 올린 다음 동물뼈로 빗살무늬를 넣었다. 빗살무늬는 장식용 문양으로 그려 넣은 것이 아니라 그릇이 터지는 것을 방지하는 실용적 목적으로 넣은 문양이다. 고대의 질그릇에 새겨진 다양한 추상문양은 지금 보아도 매우 세련되고 현대적이다. 인간 존재의 나약함을 극복하기 위한 주술적 목적에서라지만, 후손의 입장에서 보면 밋밋한 그릇보다 훨씬 예술적이라 다행이 아닌가.

빗살무늬토기에다 강에서 잡은 고기나 산에서 채집한 도토리나 열매들을 담거나 보관했을 것이다. 북한 유물전 구경을 가서 내 키만한 빗살무늬토기를 보고 잉여의 산물을 담은 그 그릇의 크기에 비례하여 확장된 인간의 욕망을 떠올렸다. 어찌 보면 빗살무늬토기로부터 인간의 욕망을 채우고자 하는 전쟁과 다툼이 시작되었는지도 모르겠다. 그릇에 대한 여자의 관심과 집착은 문화인류학적으로 충분히 해명이 가능한 본능적 욕망이다. 무기나 스포츠가 남성적 욕망의 기호라면, 그릇이야말로 여성적 욕망을 상징하는 기호가 아닐까. 지금이야 그릇이 흔하지만, 내가 어릴 때만 해도 과년한 딸이 있으면 어머니가 딸 혼수용으로 그릇을 미리 사놓기도 했다. 나도 뭘 사고 싶은 욕망을 가능하면 억제하지만, 책과 그릇만 보면 금욕의 선을 넘고 싶다.

또 다른 도자기 한 점이 책장 위에서 먼지를 뒤집어쓴 채 나를 내려다본다. 친정 아버지가 생전에 사무실로 찾아온 장사꾼에게 구매한 무명의 도자기다. 작가가 누군지도 모르고 내 눈에 보아도 품격이 떨어진다. 그러나 아버지를 기리는 마음으로 지니고 있다. 청화백자는 지금 내 책장 한가운데 얌전하게 앉아 있다. 서재의 문을 열고 들어가면 바로 보이는지라 매일 한 번씩은 눈길을 준다. 아직 충동구매를 후회하거나 어디 안 보이는 곳으로 치우고 싶지 않은 걸로 보아 나와 궁합이 잘 맞는 듯싶다. 갤러리 관장의 말을 그대로 믿지는 않지만, 가격이 몇 배로 오른다 해도 팔지는 않을 것이다. 내가 죽을 때까지 포기하지 못할 책과 함께 이 도자기도 동행하면 좋겠다. 다만, 나이가 들어 이성의 균형이 풀어지더라도 내 욕망의 크기가 작은 청화백자 그릇을 넘지 않았으면 한다.

〈2013. 12.〉

5 부

남자의 변신은 무죄

무자식 상팔자

　나는 텔레비전을 거의 안 본다. 이사할 때 내 방에 있던 낡은 텔레비전을 버렸다. 거실의 텔레비전은 칠순의 어머니 차지가 되어 아침부터 저녁까지 드라마만 본다. 자연스레 나는 텔레비전과 결별하게 되었다. 그래도 주말엔 가끔 보기도 한다. 내가 요즘 열심히 보는 프로가 김수현 극본의 〈무자식 상팔자〉라는 드라마다. 이번에도 나는 작가의 정교한 장치와 언어의 마술에 걸려들고 말았다. 무엇보다 현실을 여과 없이 반영하면서도, 따스한 인간애가 흐르는 것 같아 즐겨 본다.

　김수현 표 드라마는 주로 가족을 주제로 다룬다. 지금은 거의 천연기념물처럼 희귀해진 대가족 이야기다. 노부모를 중심으로 같이 사는 큰아들, 따로 일가를 이룬 아들 형제, 그리고 손자 손녀까지 3세대를 아우르는 구성은 농경시대 전통

가족의 전형이었다. 그리운 풍경이다. 가부장을 중심으로 오순도순 살아가던 그때 그 시절의 평화와 질서를 추억하게 한다. 끼니때마다 온 식구가 둘러앉아 밥을 먹으면서 할아버지나 아버지의 훈계를 듣고서 숟가락을 들었었지. 가족이 최고의 가치였고, 절대의 지위를 가지던 시절이었다.

드라마는 작가가 꾸며낸 허구의 세계다. 그러나 허구 즉 판타지는 리얼리즘을 전제로 한다. 실제보다 더 진짜 같은 드라마 속 이야기는 현재를 비추는 거울이다. 드라마를 자세히 들여다보면 현실의 속살이 그대로 보인다. 〈무자식 상팔자〉에서 내가 주목하는 것은 결혼에 대한 세대 간의 차이다. 결혼 적령기가 되면 당연히 혼인하고 가정을 이루는 것이 순리라는 조부 세대와 구세대와 신세대 사이의 엉거주춤 부모세대, 결혼과 가족에 대한 부정과 해체가 진행 중인 자식 세대의 생각을 엿볼 수 있다. 단군 이래로 결혼 제도가 이토록 강력한 도전에 직면한 때가 있었던가.

흥미로운 것은 결혼에 대한 생각이다. 결혼은 선택이며 동거도 괜찮고, 결혼은 안 해도 자식은 키우고 싶다는 자식 세대의 발언은 그들의 가치관을 그대로 보여준다. 나도 20대의 딸자식을 둘씩이나 둔 부모다. 만약 내가 저런 상황에 직면하면 어떻게 할 것인가. 솔직히 고백하면 혼란스럽다. 내 딸이 좋은 사람과 결혼해서 행복하게 잘살기를 바라는 마음과 금

쪽같은 내 자식을 결혼이라는 구덩이로 몰아넣고 싶지 않다는 마음이 대립한다. 또 자식 낳아서 나보고 키워 달라고 할까 봐 겁도 난다. 나는 일도 해야 하고, 내 인생을 즐기고 싶으니까.

한국 사회에서 결혼과 가족은 신성불가침의 이데올로기였다. 남녀 간의 결혼을 매개로 맺어진 가족 앞에는 부정적인 형용사나 부사가 붙으면 안 된다. 세상살이가 힘들수록 가족의 가치는 더욱 강조된다. 아이러니다. 결혼제도의 모순이 극대화하여 젊은 세대는 결혼 자체를 거부하는데 가족의 중요성은 점점 강조되다니 이런 형용모순이 어디 있나. 철학자 김영민도 "혼인 제도는 이미 고장 난 상품이다. 제도로서의 혼인은 대안이 없는 자가당착의 실체를 여과 없이 드러내고 있는 것이다."라고 말했다. 외면하고 싶지만 사실이다. 기성세대는 말세의 징조라며 곧 세상이 망할 것처럼 걱정한다. 지나친 기우다. 결혼 제도는 당대의 사회 경제적 필요성에 의해 다양하게 변주해 왔기 때문이다. 전통적 결혼 제도가 무너진 자리에 동거와 재혼, 미혼모, 동성애 같은 낯선 명사가 자리 잡는 중이다. 가족의 형태도 다양해지고 있다. 이런 혼란과 모순을 수용하려면 마음과 의식이 열려야 한다.

중산층 가정에서 반듯하게 자라 가문에 영광을 안겨준 판사 딸이 미혼모가 되어 나타난 것은 하늘이 무너지는 충격이었으리라. 그래도 어쩌겠는가. 가족인데 보듬어야지. 김수현 작가는 앞으로 세대 간의 갈등을 따뜻한 화해로 결말지을 것이다. 가족은 어떤 허물도 다 이해하고 껴안을 수밖에 없으니까. 가족으로 인한 결핍을 안고 살아가는 셋째 며느리와 손자의 애인인 여의사, 고시원에서 살아가는 고아 여고생은 가족의 품안으로 들어와 상처를 치유해갈 것이다. 상처 입은 영혼들을 따뜻하게 감싸주는 속 깊고 반듯한 어른이 많았으면 좋겠다. 설사 그들이 결혼하지 않더라도.

〈2013. 2.〉

남자의 변신은 무죄

그는 비장한 표정으로 선언했다. 앞으로는 자신이 하고 싶은 것을 하면서 행복한 인생을 살겠노라고. 그가 지금까지 불행한 인생을 살았다고 생각하면 오산이다. 주변 사람이 모두 부러워할 정도로 자식농사를 성공적으로 지은 사람이다. 삼 남매를 둔 그는 농부다. 대학을 졸업하고 잠깐 직장을 다니다가 고향으로 귀농했다. 다행히 부모님으로부터 물려받은 적잖은 땅도 있었고, 아내가 교사이니 기본적인 생활은 해결되었다. 농사와 집안 살림, 아이들 교육을 그가 책임지기로 했다.

과한 욕심을 부리지 않으니 농사는 지을 만했다. 아이들도 잘 자라주어 좋은 학교를 나와 자신의 길을 가고 있다. 첫째 딸이 결혼하고, 둘째와 막내도 올해 대학을 졸업했으니 부모로서 할 일을 다 했다는 안도감이 들면서 홀가분했다. 그러나 그런 기분도 잠시, 알 수 없는 허탈감이 밀려왔다. 더는 마음을 쏟을 대상이 없어지자 생의 방향을 잃어버린 듯했다. 주변에서 이구동성으로 생의 목표를 다시 설정하라고 조언해 주었다.

중년을 맞은 남자는 사추기를 겪는다. 회사를 위해서, 가족을 위해서 앞만 보고 달려왔다. 자신의 욕망이나 행복은 잠시 유보해 둔 채로. 중년이 되자 가슴 한구석에서 내 인생은 뭔가, 라는 느낌이 슬그머니 치고 올라왔다. 지난 세월을 되돌릴 수도 없지 않은가. 식구들이 가장의 노고에 특별히 고마워하지도 않는 것 같다. 억울하고 허탈하다. 이대로 인생을 끝낼 수는 없다는 생각이 들었다. 자식농사야 성공했다지만, 아이들이 내 삶을 살아주는 것은 아니지 않은가 말이다. 반백의 머리를 한 중년의 남자가 쓸쓸한 표정으로 자신을 바라본다. 겨우 한숨 돌리니 기차는 산 아래로 내려가고 있다.

문화인류학에서 남자와 여자를 비교했을 때 남자의 진화가 훨씬 더디다고 한다. 여자는 결혼과 함께 끊임없이 진화한다. 특히 출산과 육아의 과정은 여자를 어머니로 새롭게 태어나게 한다. 반면, 남자는 정글에서 먹이를 구하는 사냥꾼의 위치를 벗어나지 못한다. 여자는 여기저기 배울 곳도 많고, 친구끼리 어울려 여행도 잘 다닌다. 또 수다를 떨면서 감정을 풀어내고 스트레스도 해결한다. 남자는 외롭고 힘들어도 하소연할 때가 없어 술만 진창 퍼마신다. 뒤로 퇴화하지 않으면 다행이다. 나이가 들수록 남자와 여자의 틈새는 점점 벌어진다. 아내는 남편과 대화를 하고 싶은데, 남자는 욕구 충족만 좇아간다. 그래서 지구의 생명체 중에서 가장 진화가 더딘 것이 한국의 중년 남자라는 우스갯소리도 있다.

그는 가까운 지인들에게 자신의 각오를 알렸다. 산악회도 나가고, 대화가 통하는 이들과 만남의 자리도 가지겠다고. 남은 인생을 즐겁고 행복하게 살겠다는 그의 다짐에 나도 격려의 박수를 쳤다. 인생관을 바꾼다는 것은 천지가 개벽하는 것과 같다. 새로운 세계를 향해 가려면 알을 깨고 나오는 용기와 아픔이 따르기 마련이다. 그는 요즘 이것저것 궁리하느라 마음이 분주하다. 평생 모범생으로 살아온 사람이 하루아침에 방랑자가 되지 못한다. 어쨌든 아픈 만큼 성숙해진다. 이제부터는 조국이니 사회니 하는 거창한 담론은 내려놓고 소소한 일상의 행복을 발견하기를 간절히 바란다. 내 안에서 잠자던 작은 꿈의 씨앗을 발견하고, 자기를 차근차근 성찰하는 가운데 참된 인생의 가치를 발견할지도 모른다.

행복도 준비된 사람에게 다가온다. 어느 날 행복하게 살자고 선언한다고 지금까지 형편없던 삶이 행복해지느냐. 아니다. 집 밖으로 나간다고 행복이 널린 것은 아니다. 일상의 사소한 것에서 의미를 발견하고, 주위 사람들과 소통하고 교감하다 보면 나날이 행복해진다. 다만 발견하지 못했고, 느끼지 못했기 때문이다. 중년 남자의 사회는 힘의 논리만 작동하지 감성과 소통이 부재한다. 이제라도 늦지 않았다. 자신을 부정하는 반란을 일으켜야 한다. 오죽하면 퇴직한 남자를 삼식이, 사식이로 칭하겠는가. 감성도 학습이고 훈련이다. 학원에 가서 요리를 배워 가족을 위해 멋진 식탁을 차려보는 것도 좋을 듯하다. 아니면 글쓰기를 배워 자서전을 써서 존재의 흔적을 책으로 남기는 것은 어떨까. 남자의 변신은 무죄다.

〈2013. 5.〉

작은 것이 아름답다

　동네 마트에서 장을 보고 나오는 길이었다. 길 건너편에 있는 작은 빵집의 간판이 눈에 띄었다. 마침 빵을 사려던 참이라 그 집에 한번 가보기로 했다. 열 평 남짓한 가게는 문을 연지 그리 오래되지 않은, 새로 개업한 가게였다. 혹시 빵이 맛없으면 어쩌지, 라는 생각이 잠깐 스쳐 갔지만, 손글씨로 쓴 작은 메뉴판이 내 발길을 끌어당겼다. 문을 열고 들어가니 젊은 아가씨가 앞치마를 두르고 갓 구운 빵을 포장하는 중이었다. 밝은 표정으로 반갑게 인사를 하며 나를 맞아주었다. 진열대를 둘러보았다. 갖가지 모양의 빵이 가지런히 진열되어 손님의 선택을 기다리고 있었다.

　체인형 빵집에서는 잘 볼 수 없는 색다른 빵이 많았다. 속에는 어떤 재료가 들어가 있는지, 맛은 어떤지 이것저것 질

문을 하니 친절하게 대답했다. 서너 가지 빵을 골라 계산을 치르고 나왔다. 괜히 기분이 좋았다. 아르바이트 학생 같지는 않고 아마도 가족경영 가게인 듯했다. 비슷한 인사말이었지만, 느낌이 달랐다. 기계적으로 하는 말이 아니라 진정성이 실린 마음이 느껴졌기 때문이다. 집으로 와서 빵을 먹어보니 기대치를 넘어서는 맛이었다. 앞으로 그 집 빵을 자주 사 먹기로 했다.

나는 시간이 나면 동네 산책하는 것을 즐긴다. 간편한 옷과 운동화를 신고 그냥 목적 없이 길을 따라 걷는다. 시장 구경하고 상가를 기웃거리면서 가게에 진열된 물건도 구경한다. 그러다가 가끔 마음에 드는 물건이 있으면 사기도 한다. 대체로 그냥 구경만 하다가 집으로 돌아온다. 최근 몇 년간 동네 가게의 간판이 너무 자주 바뀐다는 것을 발견했다. 장사가 잘 안되니 업종을 바꾸거나 가게 주인이 바뀐다는 징표다. 동네 시장은 거의 폐업상태다. 가끔 오래된 가게를 발견하면 옛 친구를 만난 듯 반갑다.

예전에 한 동네에서 10여 년을 살았던 적이 있다. 오래 살다 보니 자주 가는 가게 주인과도 친해졌다. 새로 문을 여는 가게에 대한 정보도 얻고, 가족의 안부도 묻고, 동네 소식도 듣고, 돈이 모자라면 외상도 가능했다. 차를 타고 멀리 가지 않아도 동네 안에서 거의 모든 것을 해결할 수 있었다. 작은 단위의 지역 경제가 살아있던 시절의 이야기다. 무한경쟁을 내세운 신자유주의는 동네 경제를 파산시켰다. 공룡 같은 대형할인점이 들어오면서 손님의 발길이 줄어들고 급기야 문을 닫는 가게가 늘어났다.

우리나라는 2, 30년 정도 역사를 가진 가게 찾기도 어렵다. 그만큼 동네 작은 가게가 살아남기 어려운 사회란 증거다. 대형할인점이 들어오면서 가장 큰 타격을 입은 곳이 동네 작은 가게와 재래시장이었다. 모두 서민이 주인인 소규모의 생계형 가게이다. 전문가의 말에 의하면 대형할인점 하나가 들어오면 동네 가게 300개를 흡수해버린다고 한다. 동네마다 우후죽순처럼 생기던 대형할인점이 급기야 제 살을 깎아 먹으면서 같은 업종끼리 경쟁 중이다. 그런데도 우리 동네에 다른 대형할인점의 개장 준비 중이다. 자본의 수레바퀴는 멈출 줄 모르고 벼랑을 향해 달려간다. 그 거대한 수레바퀴에 또 얼마나 많은 작은 가게가 문을 닫고, 가게 주인은 비정규직으로 전락할 것인가.

일본의 유명한 동화인 《우동 한 그릇》(구리 료헤이 지음)에 나오는 '북해정' 같은 식당이 하나쯤 우리 동네에도 있다면, 하고 상상을 해본다. 다른 곳으로 이사를 하더라도 예전에 살던 곳을 찾아 그 시절을 함께 했던 추억의 공간을 찾아올 수 있도록 말이다. 크고 새로운 것만 좇아가다 보니 작은 것의 가치와 아름다움을 미처 생각할 겨를이 없었다. 우리 동네의 작은 가게도 개성과 친절로 새로운 역사를 만들어 가면 좋겠다. 작지만 개성 있고 아름다운 것을 찾아가는 소비자가 점점 늘고 있다. 동네 작은 가게에서 갓 구워낸 빵을 찾아가는 발길이 늘어날수록 서민 경제도 살아날 것이다. 작은 것이 아름다운 이유다.

〈2013. 4.〉

불편한 진실

이번 추석도 예외는 아니었다. 명절 차례를 지내고 나니 냉장고가 가득 찬다. 음식을 줄이자고 해마다 다짐하지만, 관행을 깨기란 참으로 어려운 일인가 보다. 한 달 전부터 어머니는 추석 차례상을 걱정했다. 시장과 마트를 돌아다니며 제수 품목의 가격을 점검하고, 냉동 생선이나 고사리 같은 나물을 하나씩 사다 날랐다. 명절 때마다 제사를 성당 미사로 대체하자고 말씀하신다. 나는 알고 있다. 어머니의 겉과 속 내가 다르다는 것을. 명절이야말로 자신의 존재감을 확인하는 기회다. 그리고 이렇게 번잡한 명절 음식 준비를 혼자서 해냈다는 자부심을 느끼는 것 같다.

어린 시절 우리 집에는 제사가 없었다. 그래서 명절이 되면 시골 큰집으로 갔다. 추석 때 마을 입구에 들어서면 코스모

스가 화사하게 피어 귀향을 환영해 주었다. 골목마다 퍼지는 구수한 부침개 냄새와 자손을 맞이하는 할머니의 들뜬 목소리는 축제의 서막이었다. 오랜만에 만난 사촌과 알밤을 줍거나 대추를 따 먹기도 했다. 해 질 무렵이면 온 가족이 빙 둘러앉아 할머니가 해놓은 반죽으로 송편을 빚었다. 솥에서 갓 쪄낸 송편을 한입 물면 솔 향이 입안에 가득 퍼져 나갔다. 하늘에는 휘영청 둥근 달이 환하게 웃고 있었다. 그리운 날의 추억제다.

추석 명절은 농경 사회의 산물이다. 한 해 농사의 결실에 대하여 조상과 신에게 감사하는 축제다. 제사의식은 동서양을 막론하고 원시사회로부더 오늘날까지 이어져 온 문명의 산물이다. 지금과 같은 제례는 조선 시대 성리학을 치국이념의 근간으로 삼고 주자가례를 널리 보급하여 17세기 중엽에 정착된 것이라 한다. 그러나 남성 중심의 명절 문화는 여성에게 노동과 피로를 가중시켜 괴로운 명절이 되고 말았다. 특히 직장 여성에게 명절은 피하고 싶은 날이다. 자손으로서 의무와 책임을 수행해야 하는 남자도 피곤한 명절로 전락했다. 명절이 축제라면 가족 구성원 모두가 즐겁고 행복해야 하지 않겠는가 말이다.

시대가 바뀌면 형식도 변해야 한다. 명절의 의미는 살리되 형식은 각자의 처지에 맞게 재구성하면 된다. 그런데 지금 명절 제사는 주객이 전도되어 껍데기만 남은 형국이다. 의미는 실종되고 의무와 형식만 남은 채 천덕꾸러기가 되어간다. 《슬픈 열대》라는 책으로 유명한 프랑스의 구조주의 인류학자 클로드 레비스트로는 "하나의 문명이란 거대한 메커니즘이고, 그 메커니즘의 진실한 기능은 물리학자가 말하는 엔트로피, 곧 타성, 무력증을 만들어 내는 것이다."라고 말했다. 우리의 명절 제사가 레비스트로가 말한 대로 타성에 얽매여 허우적거리고 있는 것이 아닌지.

명절의 의미란 무엇일까. 자신의 뿌리 곧 정체성을 확인하는 자리이며, 가족 간의 만남을 통해 지친 삶을 위로받고, 가족의 의미를 되새기는 시간일 것이다. 하지만 봉건시대의 가치 질서를 무리하게 강요하는 것은 전통의 계승 정신에도 맞지 않다. 여성에게 명절이 괴로운 이유는 바로 제사음식 장만이다. 제사상 차림에 드는 과도한 비용과 여성만의 노동을 개선해야 한다. 제사음식은 예전과 같은 별미가 아니다. 남은 음식 처리도 골칫거리다.

형제가 많을수록 명절 후유증도 크다. 오랜만에 가족이 만나다 보니 묵은 감정을 토로하면서 상처를 덧내는 불편한 시간이 되기도 한다. 이런 불편함을 개선하려면 과감한 발상의 전환이 필요하다. 굳이 큰집에서 복닥거리면서 제사를 지내야만 하는가. 가는 사람도 맞이하는 사람도 모두 피곤한 노릇이다. 그렇다면 집집이 한두 가지 음식을 장만하여 휴양지 같은 곳에서 만나 제사 지내고 온천욕이나 관광을 하면서 즐거운 명절을 보내는 것도 괜찮을 듯싶다. 시어머니도 남편도 아내도 즐겁지 않은 추석 명절, 이 불편한 진실을 인정하고 행복한 축제로 바꾸어보자.

〈2012. 10.〉

늙은 자연

내가 회원으로 있는 어느 문학 단체의 총회 풍경이다. 신입 회원 입회 문제를 두고 논쟁이 벌어졌다. 쟁점은 나이 제한 이었다. 65세 이상인 사람을 회원으로 받기 어렵다는 주장과 나이 제한을 풀자는 측의 주장이 팽팽했다. 다수결로 나이제 한의 사슬은 풀렸다. 이 사태를 보면서 한국 사회에서 나이 는 여전히 삶을 규정하는 관습이라는 것을 새삼 확인했다. 그런데 문제는 누구나 해마다 한 살씩 나이를 먹는다는 사실 이다. 마음이 쓸쓸했다.

나는 낀 세대다. 말하자면 젊은이도 아니고, 그렇다고 늙은 이도 아닌 어중간한 중년이다. 그렇다 보니 모임이나 단체에 가면 회원의 연령대에 따라 극단의 위치에 선다. 아직은 연 장자 대접을 받으면 마음이 불편하다. 어른 노릇 하기가 그리 쉬운가 말이다. 개인주의로 똘똘 뭉친 젊은 세대의 언행이 영 못마땅한 것도 사실이다. 내가 나이 먹었다는 확실한 증거다. 그래서 상대적으로 젊은이 대접을 받는 자리가 편하다. 몸은 다소 고되지만, 간혹 실수하더라도 너그러이 봐주는 여유가 있어 좋다.

나는 동년배보다 선배나 어르신과 잘 어울린다. 나의 독특한 성향이다. 나는 경쟁을 싫어한다. 아들과 딸을 동등하게 생각하는 부모를 둔 덕분에 동생들과 경쟁한 기억도 없다. 외딸로 자라 자매끼리 다투거나 경쟁할 조건도 아니었다. 그래서 경쟁 상대인 동년배보다 후배나 선배와 더 친하게 지낸 것 같다. 또 한 가지는 친정 할머니가 우리 집에 오시면 내방에서 지냈다. 자연스럽게 어르신과 친한 정서가 발달했다.

언제부터인가 어르신이 편안해졌다. 솔직히 나보다 나이가 많은 어르신 앞에서는 심신이 긴장한다. 그러나 조금만 다가가면 편안한 관계가 된다. 늘 경쟁해야 하는 친구보다 훨씬 친근감이 느껴진다. 인사만 열심히 해도 좋아하고, 곁에 가서 음식이라도 권하면 칭찬을 아끼지 않는다. 나보다 먼저 생을 산 그들의 생은 훌륭한 교과서다. 사회적 성공 여부와는 상관없이 한두 가지 배울 점은 다 있다. 고약한 성품의 인물은 그대로 또 반면교사反面教師의 거울이 된다.

나도 예전에는 어른의 말이 잔소리로 들렸다. 철이 들어서

인지 나보다 앞선 어른의 체험담이 삶의 지혜라는 사실을 최근에야 깨달았다. 삶의 체험에서 우러나는 지혜야말로 책에서는 얻을 수 없는 산지식이 아닌가. 말이 많아지는 이유도 알 것 같다. 외로워서, 누군가와 말을 하고 싶은 간절함이 목까지 차올라 자신도 모르게 말이 길어지는 것이리라. 모임에 열심히 참석하여 자신의 존재를 확인하고 싶은 그들의 마음을 이젠 읽을 수 있게 되었다.

아프리카 민속학자 아마두 함파테 바는 1962년 유네스코 연설에서 이렇게 말했다. "아프리카에서 한 노인이 숨을 거두는 것은 도서관 하나가 불타는 것과 같다."라고. 아프리카에서 노인은 경험·능변·지식을 갖춘 현자로 대접받는다. 구전문화 사회에서 집단의 기억을 계승하는 노인은 백과사전이며 지혜의 보고다. 농경사회에서도 마찬가지였다. 그런데 자본주의 사회에서 노인은 가장 생산성이 떨어지는 폐품이다. 유감스럽게도 효용성의 임계점이 점점 낮아지고 있다.

늙음은 자연의 순리이며, 누구도 피할 수 없는 과정이 아니던가. 시인 문정희는 〈편지〉라는 시에서 이렇게 읊조린다. "조금 먼저 오신 어머니는/ 조금 먼저 그곳에 가시고/ 조금 나중 온 우리들은/ 조금 나중 그곳에 갑니다." 그렇다. 나도 언젠가 65살이 되고, 노인이 될 것이다. 나이 든 노인을 거추장스럽고 불편한 존재로 여기는 사회는 결코 건강한 사회가 아니다.

　총회를 마치고 뒤풀이로 노래방에 갔다. 일흔이 넘은 대선배 두 분과 그 아래로 60대와 50대가 함께 어울려 즐겁게 놀았다. 나이를 뛰어넘는 교감과 연대의 자리였다. 큰 키의 대선배이신 도광의 시인은 〈고향〉이란 가곡을 멋지게 불렀다. 애잔한 피아노 선율에 맞추어 노래를 부르는 시인의 모습은 멋있었다. 음정도 몇 개 틀리고, 박자도 늘어졌지만, 심금을 울렸다. 그가 쓴 시의 제목처럼 우리는 모두 '늙은 자연'을 향해 가고 있다.

〈2012. 1.〉

공정한 심판

　나는 운동을 좋아하지 않는다. 약골로 태어나서 운동 자체를 멀리하고 살아서인지 운동신경도 둔하다. 그래서 스포츠 중계방송에도 별 관심이 없다. 지금 런던은 올림픽 중이다. 우리 선수가 애국가를 부르며 눈물 흘리는 모습을 보면 괜히 눈시울이 뜨거워진다. 오로지 그 한순간을 위해 감내했을 인고의 시간이 떠올라서다. 시상대에 서지 못하고 쓸쓸히 퇴장하는 선수의 뒷모습도 안쓰럽다. 어쨌든 올림픽을 위해 달려온 선수의 열정과 흘린 땀에 대하여 경의를 표하고 싶다.

　밤새 기적이 일어났다. 아침에 텔레비전을 켜니 아나운서의 흥분된 목소리가 승전보를 전해 주었다. 축구의 종가 영국을 대한민국 축구대표 선수단이 이긴 것이다. 그것도 연장전에 승부차기까지 간 끝에 이겼다. 감개무량하다. 무더위를 한방에 날린 쾌거다. 영국의 일방적인 응원과 편파적인 심판을 극복하고 이겼기에 더욱 값진 승리였다. 나처럼 올림픽에 별 관심이 없는 사람조차 가슴 뻐근한 감동을 맛보게 해주었다. 축구는 협력의 스포츠다. 수영이나 피겨스케이팅처럼 뛰어난 개인이 혼자 기량을 발휘하는 경기가 아니다. 상대 선수를 배려하고 경기 전반의 흐름을 고려했을 때 개인의 능력도 정점에 다다를 수 있다. 이 얼마나 매력적인 종목인가.

축구경기의 자세한 규칙을 잘 모른다. 겨우 경기의 흐름을 이해할 정도다. 심판은 우리 선수에게 옐로카드를 꺼내 들었다. 느린 화면으로 보니 공이 가슴에 맞고 튕겨 나간 것이 분명하다. 주심은 무리하게 영국에 페널티 킥을 허용하여 동점이 되도록 도와준 것 같았다. 불공정한 판정이다. 경기 내내 심판은 영국 선수단에 유리한 쪽으로 진행했다. 우리가 이겼기에 망정이지 만약 졌더라면 그 심판의 페이스북과 트위터는 난리가 났을 것이다. 펜싱의 신아람 선수가 경기장에 주저앉아 뜨거운 눈물을 펑펑 쏟은 장면이 아직도 생생한데 말이다.

스포츠 세계에서 홈팀에게 유리하게 작용하는 홈 어드벤티지를 무시할 수는 없다. 수많은 관중의 일방적 응원, 익숙한 경기장, 간혹 벌어지는 심판의 편들기 등. 수영이나 육상 경기처럼 기계가 판정하는 기록경기는 오심의 여지가 비교적

적다. 그러나 인간이 개입하는 판정게임은 불공정한 심판에 대해 잡음이 끊이질 않는다. 왜 그런가. 경기라는 게임은 어떻게든 상대를 이겨야 한다. 지나친 승리욕은 인간의 욕망을 자극하여 수단이 목적을 훼손할 수도 있다. 그리고 인간이 매우 합리적이고 이성적인 것 같지만, 판정에 감정이 개입될 여지가 많다.

올림픽의 오심 논란을 보면서 이런 생각이 떠올랐다. 인간은 과연 합리적이고 이성적인 존재인가. 과학과 합리주의는 근대의 중심에서 모든 가치를 지배했다. 법과 질서를 앞세운 논리 앞에 개별성이나 감성은 설 자리가 없었다. 그 견고하던 근대도 쇠락의 길로 접어든 지 오래다. 유감스럽게도 인간은 어떤 판단을 할 때 이성보다 감정이 먼저 작동한다는 것이 최근 뇌과학의 연구로 밝혀졌다. 남녀가 소개팅에서 만나 상대에 대한 호불호를 결정하는 데 3초면 충분하다고 한다. 이성이나 논리는 자신의 결정이나 판단에 대한 확신을 하기 위해 동원될 뿐이다. 인간이란 얼마나 나약한 존재인가. 그래서 법과 규칙이 등장한 것이다.

근대올림픽 정신은 우정·연대·페어플레이다. 불공정한 심판에 대해 성토를 하고 화를 내기보다 우리 자신을 한번 되돌아보자. 반면교사反面敎師의 기회로 삼아야 한다. 우리는 과연 얼마나 정의롭고 공평한가. 아전인수我田引水로 이중적

잣대를 들이대는 것은 아닌지. 대기업과 중소기업 간의 불공정한 거래계약, 불공정한 법집행, 불평등한 교육환경 등 우리 사회는 불공정의 깊은 늪에 빠져 있는지도 모른다.

　많은 권한을 가진 지도자나 심판이 규칙을 어긴다면, 대다수 사람도 아무런 죄의식 없이 규칙을 어기게 된다. 누군가가 신호등을 무시하고 달리면, 그 뒤의 차도 멈춤 신호를 무시하고 달리는 심리와 비슷하다. 규칙과 원칙은 약속이다. 그 약속이 무너지면 사회는 혼란에 빠지게 된다. 모두의 공존을 위해 규칙은 지켜야 마땅하다. 이미 우리 사회가 정한 여러 규칙과 약속은 너덜너덜해졌다. 더 늦기 전에 복원해야 한다.

〈2012. 8.〉

에펠탑의 페인트공

　창문 너머로 밧줄 하나가 어른거린다. 조금 있으니 밧줄에 대롱대롱 매달린 사람이 보인다. 마치 동아줄을 타고 내려오는 나무꾼처럼 내 눈앞에 나타났다. 그는 작은 의자에 엉덩이를 걸친 채로 밧줄 하나에 온몸을 의지하고 있다. 아파트 외벽의 도색 작업을 하는 페인트 공이었다. 노련한 가능공인 그는 두 발로 방향을 조절하면서 페인트를 분사하는 중이었다. 곡예사가 공중 곡예를 펼치는 것처럼 그의 몸놀림은 유연했다. 그의 시선이 부담스럽기도 하고, 집 안에서 그를 바라보는 것도 어색하여 나는 얼른 창문을 닫았다.

　외출하려던 나는 색다른 풍경을 목격했다. 주차장 한쪽 그늘에서 깊은 단잠에 빠진 사람이었다. 온갖 페인트로 채색한 작업복을 입은 채 낮잠을 자는 모습은 평화로웠다. 고도의 긴장감으로 공중에서 작업하다가 지상으로 내려와 휴식을 취하는 중이었다. 그들을 주시하던 내 마음은 복잡한 감정에 휩싸였다. 경이로움과 약간의 동정심, 생명을 담보로 작업하니 일당이 꽤 높을 것이라는 상상이 뒤섞여 약간 혼란스러웠다. 그러나 그건 순전히 구경꾼인 나의 가벼운 감상이었다. 그들에게는 삶을 지속 가능하게 해주는 노동의 현장이고, 사랑하는 가족에게 따뜻한 밥상을 차려줄 재화를 구하는 숭고한 시간이기도 할 터이다.

어느 날, 내 눈을 사로잡은 한 장의 흑백사진이 있다. 아날로그 사진의 대가 마크 리부가 찍은 〈에펠탑의 페인트공〉이다. 이등변 삼각형으로 된 에펠탑 안에 모자를 쓴 페인트공이 붓을 들고 페인트칠을 하는 장면을 포착한 사진이다. 급속한 경사가 진 구조물 안에서 한 손은 뒤의 기둥을 잡고, 두 발은 경사진 홈에다 고정한 채 오른손으로 붓을 들고 페인트를 칠하는 장면이다. 자세히 보면 그 노동자는 두 발과 팔 하나를 이용해 몸의 균형을 잡고서 위태롭게 서 있다. 만약 몸의 균형이라도 깨지면 천길 아래로 떨어질 상황이다. 멀리 파리 시내가 사진의 배경으로 희미하게 보인다.

이 사진을 멀리서 바라보면 페인트 공이 붓을 들고 춤이라도 추는 형상이다. 입에서 흥얼거리는 노랫소리도 들릴 듯하다. 객관적 거리를 두고 구경꾼으로 바라보면 사진 속 인물은 휘파람을 불면서 즐겁게 행위예술을 하는 듯 보인다. 그러나 한발 다가가 자세히 들여다보면 그가 얼마나 위험한 공간에서 작업하는 중인지 알 수 있다. 내 손에 땀이 촉촉하다. "세상을 있는 그대로 기록한다."라고 말하는 마크 리부의 이 사진은 자본주의의 또 다른 얼굴을 있는 그대로 보여준다. 내가 어떤 위치에서 어떤 시선으로 바라보느냐에 따라 대상이 다르게 다가온다는 사실이다. 즉, 두 시선의 거리가 엄청난 차이를 발생시킨 것이다.

감동은 주체와 객체가 만나는 지점에서 발생한다. 내가 어떤 위치에서 대상을 어떻게 바라보느냐에 따라 의미가 다르게 다가온다. 거리를 두고서 냉정한 시선으로 바라보면 대상은 그저 하나의 객체로 존재한다. 그러나 가까이 다가가 다른 시선으로 보면 느낌이 확연히 다르다. 근대 과학의 발달은 모든 관점을 인간 중심으로 고정해 버렸다. 인간을 세계의 중심에 두고 나머지를 객체의 위치에 놓고 수직적 위계질서로 바라보기 시작한 것이다. 근대 세계의 질서 밖으로 뛰쳐나와야 한다. 새로운 시선과 관점으로 대상과 만나야 할 시대가 다가온 것이다.

세상은 복잡한 관계망으로 이루어진 유기체다. 사회가 굴러가려면 누군가의 헌신과 희생이 있어야 한다. 근대 자본주의는 노동의 가치를 수직적 임금체계로 도식화해 버렸다. 아파트 도색이나 에펠탑 도색을 하는 이들에 대한 사회적 시선은 여전히 싸늘하다. 노동의 강도에 비해 임금도 매우 낮다. 이런 불평등한 체계가 젊은이들의 꿈을 앗아가고, 사회불안의 진원지가 되고 있다. 정규직과 비정규직, 화이트칼라와 블루칼라, 서울과 지방, 명문대와 지잡대(지방의 잡다한 대학) 등 점점 깊어가는 갈등의 폭을 줄여야 한다. 해결의 방법은 간단하다. 시선을 이동하여 다른 자리에 서 보면 문제의 본질이 보인다. 그리고 자본의 시선이 아닌 인간의 시선으로 바라보아야 한다.

〈2013. 9.〉

발과 구두의 협상

　신발장에 있던 구두를 꺼냈다. 두어 번 신다 넣어둔 것이라 반짝거리는 새 구두다. 꽤 오래전에 수제화 가게에서 적잖은 돈을 주고 산 것이다. 앞부분이 뾰족한 것이 좀 맘에 걸렸지만, 신어보니 탐이 났다. 화려한 장식이 여성성을 강조하고, 색상이나 가죽의 문양도 고급스러웠다. 몇 번을 신었다 벗었다 하면서 갈등했다. 발가락이 제 생긴 대로 펴지 못하고, 앞이 삼각형으로 마감되어 발이 아플까 봐 망설이다가 사고 말았다.

　새 구두를 신고 집을 나섰다. 시간이 흐르자 발이 아프기 시작했다. 발을 서서히 조여 오는 그 느낌은 혈관을 타고 올라와 급기야 두통까지 유발했다. 뒤꿈치는 생채기가 나서 쓰리고, 발은 감각이 점점 마비되어 가는 듯했다. 남의 시선을

피해 신발에서 발을 빼고 발가락을 꼼지락거리면서 혈액순
환을 도왔다. 극심한 피로가 몰려왔다. 서둘러 귀가한 나는
구두를 벗자 바로 세면장으로 들어갔다. 시원한 물로 씻으며
손으로 마사지를 해주자 비로소 발의 표정이 살아났다. 내 발
은 하루 내내 비좁은 감옥에 갇혀 수형생활을 한 것이다.

  그날 이후 새 구두는 신발장 구석에서 세월을 보냈다. 가끔
신발장 정리를 하다가 눈에 띄면 나의 충동구매를 후회하곤
했었다. 버리지도 못하고 그렇다고 신고 다니지도 못하는 애
물단지로 전락한 것이다. 궁여지책으로 수선집에 가져가서
볼을 늘려 달라고 하니 앞쪽의 장식 때문에 불가능하다고 했
다. 올봄에 우연히 그 구두를 꺼내 신어보니 뜻밖에 괜찮았
다. 예비 신발을 준비하여 다시 새 구두에 도전했다. 발가락
이 몰려 불편하기는 했지만, 예전보다는 확실히 나았다. 그날
이후 하루건너 한 번씩 구두와 나는 친교의 시간을 가졌다.

  날이 갈수록 조금씩 구두가 편안해졌다. 아마도 내 발의 생
김새에 맞추어 가죽이 늘어났기 때문이리라. 어쩌면 발과 구
두 사이에 협상과 타협이 진행되었을지도 모른다. 구두도 딱
딱하던 가죽을 달래어 부드럽게 늘이고, 발도 구두의 모양새
에 따라 조금씩 양보했을 것이다. 그렇게 둘은 호흡을 맞추고
적응하면서 서로 편안한 관계로 발전했으리라. 꽤 오랜 시간
이 걸렸다. 구두도 발과 친해지기까지 이렇듯 시간과 노력이

필요했다. 쿠션도 좋고, 걸을 때마다 발걸음이 저절로 경쾌하다.

인간관계에 자주 실패하는 친구가 있다. 가까이에서 그를 지켜본 나는 그 원인을 잘 알고 있다. 그는 자기 입장만 고수할 뿐, 상대를 이해하려 하지 않는다. 처음에는 간이라도 다 줄듯이 친하다가, 나중에는 원수처럼 헤어지는 경우를 여러 번 목격했다. 사람과 헤어질 때마다 그녀는 상대를 탓했다. 들어보면 자기 나름대로 논리도 있고 구구절절 옳은 소리다. 그러나 그녀는 가장 중요한 관계의 개념을 놓치고 있었다. 매번 같은 실수를 반복하고, 상처도 깊어 갔다. 인간관계이든, 사업적 거래든 서로 주고받는 것이지 일방적 거래는 없지 않은가. 그녀의 자기중심적 사고는 상대에 대한 배려나 이해가 빠져 있다. 바보가 아닌 이상 일방적 관계는 깨지기 마련이다.

사람 관계가 세상살이의 시작과 끝이 아니던가. 뛰어난 재능이나 재력을 가진 사람보다 성격이 원만하고 열린 사고를 하는 사람이 편안하고 좋다. 나만 고집하지 않는 양보와 타협의 자질을 갖춘 사람을 만나면 다른 사람에게도 소개하고 자랑하기도 한다. 자기 몫만 챙기거나 자기 논리만 펼치는 사람은 갑갑하다. 처음 몇 번이야 나도 응해주지만, 누가 일방적으로 손해만 보려 하겠는가. 이런 사람은 수신 거부 명단에 올려버린다. 세상은 점점 복잡하고 파편화되어 간다. 현대사회는 인간관계조차 소비할 뿐, 최소한의 타협이나 양보가 있는 인간적 관계를 하지 않는다. 슬픈 현실이다.

삶이 곡예를 하듯 불안정한 시대다. 그럴수록 인간적 유대에 대한 갈망은 점점 커지고 있다. 신자유주의가 내세운 일방적 경쟁논리에 지치고, 서민 경제도 파탄이 나버렸다. 우울과 불안이 심각하다. 독점 자본과 재벌은 자신의 논리만 내세우며 서민들의 희생을 강요한다. 기득권 세력이 양보하고 타협하려 하지 않으면 경제민주화는 요원한 꿈이다. 최소한의 양보와 타협의 정신을 바랄 뿐이다.

〈2013. 4.〉

눈 내린 날

팔공산 초입에서 내리던 비는 어느새 눈으로 바뀌었다. 점점 짙어지는 어둠 속을 달려 송년회 장소를 찾아가는 중이었다. 싸락눈이 차창을 때리는 소리가 요란했다. 길을 잘못 들어 돌아오느라 약속 장소에 도착했을 때는 눈이 마당을 하얗게 덮었다. 함박눈이 나비 떼처럼 하강하고 있었다. 눈을 맞고 서 있는 나신의 배롱나무는 얼마나 고혹적이던지.

집으로 돌아갈 걱정에 마음이 편치 않았다. 나 혼자도 아니고 동행인이 넷이나 되었다. 한쪽에서는 내리는 눈을 보며 감탄사를 연발했다. 한밤중 산속에서 함박눈을 보다니 얼마나 낭만적인가. 그런데 나는 낭만은커녕 현실적인 문제 앞에서 마음 한구석이 무거웠다. 차라리 아예 차가 못 움직일 만큼 눈이 쌓인다면 모를까 어쨌든 오늘 밤 산에서 내려가야 한다는 절대 명제 앞에서 난감했다. 집에 못 가면 큰일 난다는 동행인의 말이 거부할 수 없는 지상명령처럼 들렸다.

송년회장은 웃음과 노래로 흥이 무르익었다. 일상의 공간을 벗어나 눈이 내리는 산속에서 보내는 시간은 낯선 여행지에 온 듯 설레고 즐거웠다. 눈길이 자꾸만 창밖으로 향했다. 차를 운전해야 하는 나는 술잔에 입술만 대고 그 시간을 맨정신으로 견뎌야만 했다. 낙천적인 성격도 그런 상황에서는 별 효능이 없었다. 하느님도 무심하시지, 하필이면 이런 날 눈을 내려 나를 시험하다니 애꿎은 신만 원망했다.

돌아갈 일이 걱정되어 도로 상태를 살피기 위해 밖으로 나왔다. 눈이 내린 산속의 풍경은 백야처럼 환했다. 마음 한구석에서 슬며시 부아가 치밀어 올랐다. 이 좋은 풍경을 온전히 즐기지 못하고 귀가 걱정에 사로잡혀 있는 자신에게 조금 화가 났다. 하지만 어쩌겠는가. 혼자도 아니고 여러 사람의 무사 귀가를 책임져야 할 처지였으니. 또 걱정하는 가족을 생각하니 비장함마저 느껴졌다. 포탄이 쏟아지는 전쟁터에서 부하의 목숨을 책임지고 출정하는 소대장의 심정이 그러했을까.

기온이 내려가자 도로는 결빙이 시작되었다. 솔직히 겁이 났다. 스노체인도 없고, 눈길 운전을 해본 경험도 없었다. 몇 해 전 눈길에 차가 제멋대로 가는 바람에 식은땀을 흘렸던 기억이 떠올랐다. 내 의지와는 다르게 바퀴가 헛돌며 엉뚱한 방향으로 차가 움직일 때는 앞이 깜깜하지 않았던가. 송년회가 끝날 무렵 눈은 더 큰 꽃송이를 만들며 탐스럽게 내렸다. 운전대를 잡았다. 온몸의 신경을 일으켜 세워 손과 발, 머리로 연결했다. 바퀴가 닿는 도로의 감각을 느끼려고 신경을 집중했다. 생각보다 길이 그리 많이 얼지는 않은 듯했다. 살얼음판을 내딛듯이 조심스레 차를 몰아 산 아래로 내려왔다. 국도는 눈이 녹아 질편했다.

고속도로로 올라서자 비로소 마음이 놓였다. 고속도로는 평상시와 다름없이 노면이 말끔했다. 차량이 뿜어내는 열기가 도로에 닿자마자 눈을 다 녹여버렸으리라. 그런데 남쪽으로 올수록 도로가 너무 깨끗했다. 마치 사기를 당한 듯 허탈했다. 이런 줄도 모르고 얼마나 노심초사했던가. 하늘에다 따질 수 있다면 보상이라도 받고 싶었다. 한파가 몰아닥친다는 일기예보에 잔뜩 주눅이 들어 밖에 나와 보면 생각보다 그리 춥지 않을 때가 많다. 정보의 과잉, 걱정의 범람이다.

인간이란 얼마나 비좁은 자기 세계에 갇혀 사는가 말이다. 이성의 합리성과 논리를 앞세워 잘난 척하지만, 매번 이렇게 허방을 짚는 것이 삶이다. 예측 가능한 것은 극히 일부분이다. 그래서 나약한 인간은 불가해한 세계에 대한 겸손과 순응으로 살아갈 수밖에 없다. 대부분 지금 여기에 온전히 몰입하지 못한 채 쓸데없는 걱정을 하다 녹는 눈처럼 사라진다.

지인들을 무사히 집 앞에 내려주고 돌아온 나는 와인을 한 잔 마셨다. 그러고는 백석의 시집을 꺼내어 나직이 소리내어 읽었다. "나타샤를 사랑은 하고 / 눈은 푹푹 날리고 / 나는 혼자 쓸쓸히 앉아 소주를 마신다" (백석의 시 〈나와 나타샤와 흰 당나귀〉에서) 나만의 조촐한 송년회였다. 밖에는 또 흰 눈이 내리고 있었다.

〈2012. 12.〉

말하지 않는 것들에 대하여

- 경주 장항리 절터에서

　초목이 젖은 몸을 말린다. 잠시 비가 갠 절터에는 하얀 개망초가 무리지어 피어난다. 장항리 절터다. 신라 천 년의 길, 추령 고갯길을 지나 바다가 가까워질 때쯤 토함산 방향으로 차를 돌린다. 계곡을 따라 난 산길을 굽이굽이 가다 보면 산 중턱에 석탑이 보인다. 초록의 수목 사이에 탑은 제 몸을 반쯤 숨기고 있다. 번잡한 세상과 거리를 두고자 했던 은둔자의 의도였을까. 절은 이름도 남기지 못하고 쓰러져 갔다. 높이가 다른 석탑과 절터를 뒤덮은 무성한 잡초가 답사객을 맞는다. 절터의 풍경은 처연하면서도 애잔하다.

　장항사지獐項寺址는 토함산 동쪽 자락에 있는 폐사지다. 이 절은 통일신라가 찬란한 문화의 꽃을 피우기 시작하는 7세기 후반에 세워진 것으로 추측된다. 절터에 올라서서 아래를 굽어본다. 양 갈래로 뻗어 나간 길이 아스라하다. 가파른 산자락을 깎은 좁다란 절터에 쌍탑과 금당을 일자로 나란히 배치한 가람이다. 왜구를 방어하기 위한 군사적 전략지로 세운 절인 듯도 싶고, 은자隱者가 되고 싶었던 누군가의 발원으로 세워진 절인 듯도 하다. 나는 그곳에서 사멸해 간 것들에 대한 상상의 나래를 펴면서, 나만의 언어로 사유하는 자유를 만끽한다.

절의 영화로웠던 한 시절을 증언해 주는 것은 오층석탑과 불상대좌이다. 탑의 몸돌에 조각된 금강역사상은 사실적이며 생동감이 넘친다. 백제 탑이 부드러우면서도 우아한 여성미를 구현했다면, 신라 탑은 강직하면서도 절도 있는 남성미를 보여준다. 장항리 오층탑은 통일신라의 자신감과 과시욕이 살짝 엿보이는 다층석탑이다. 중생의 불심과 석공의 예술혼은 무심한 돌덩이를 명작으로 탄생시켰다. 어쩌면 원래 돌 속에 숨어있던 부처가 석공의 지극한 불심으로 현시顯視한 것인지도 모른다.

영광은 짧고 상처는 깊다. 제 아무리 아름다운 꽃도 언젠가 지고 말 것인데, 어리석게도 인간은 시들지 않는 화강암에 영광의 시간을 붙잡아두고자 했다. 하지만 동탑은 불구의 몸이 되었다. 지붕돌만 겨우 모아 탑의 모양새를 갖추었지만, 서글프다. 지붕은 폭격을 맞은 듯 살점이 떨어져 나갔다. 제 몸을 든든하게 받쳐주던 기단석基壇石을 잃어버린 채 맨땅에 겨우 몸을 부려놓았다. 탑은 부모를 여읜 아이처럼 애처롭다. 몸돌에 남은 도깨비 문양의 문비板扉와 인왕상仁王像은 화려했던 과거의 이력서다. 사람도 유물도 자세히 들여다보면 저마다의 상처가 있다. 그래서 앉은뱅이 석탑에 내 눈길이 더 오래 머문다.

역사는 승자의 언어이다. 상처 입은 유물은 차마 다 말하지 못한 패자의 언어다. 그러기에 더 애틋하고 허망하다. 식민지의 시간은 지나간 역사에도 깊은 상처를 남겼다. 조국은 점령군의 손에 처참하게 유린당했다. 궁궐 가운데로 철로를 내고, 사리함을 탐낸 도굴꾼은 다이너마이트로 탑을 폭파하는 만행을 저질렀다. 굉음과 함께 탑의 몸은 갈가리 찢어졌다. 해체된 몸체는 공중으로 솟아올랐다가 계곡 아래로 곤두박질쳤으리라. 산천초목은 그날을 기억할까. 그날 이후, 장항리의 모든 언어는 봉쇄되고 말았다. 황금에 눈이 먼 침략자의 손에 훼손된 탑은 민족의 상처다. 상처는 깊고 처참하다. 아직 아물지 못한 상흔은 내게도 전이되어 가슴이 아리다.

금당터로 올라선다. 한가운데 아름다운 조각이 새겨진 불상좌대가 있다. 겹 연꽃으로 한껏 멋을 부리고, 중대석中臺石 팔면에는 돋을새김으로 조각상을 넣었다. 좌대 역시 상처투성이다. 입체감이 살아있는 사자상을 보노라면 사라진 조각상이 더욱 아쉽다. 부처님인들 폭풍우 치는 시간을 비켜갈 수 있었을까. 턱도 깨지고, 왼쪽 팔도 떨어져 나갔다. 1장6척의 웅장함을 자랑하던 하반신도 잃어버렸다. 위엄과 권위를 뒷받침해 주던 아름다운 광배光背도 깨졌다. 전쟁터에서 돌아온 패잔병의 모습이 저러할까 싶다. 최근 얼굴은 말끔히 성형했지만, 석조불입상 부처님은 장항리로 귀향하지 못하고 경주박물관에 있다.

사는 일이 도저히 견딜 수 없는 지경에 다다랐을 때, 그 길에서 내려설 결심을 했다. 세상과의 불화에서 비롯된 상처는 쓰라렸다. 위로한답시고 건네는 말이 오히려 화살이 되어 내 가슴에 박혔고, 때로는 가시가 되어 상처를 후벼팠다. 눈물이 목까지 차오르면 무작정 길을 나섰다. 그 즈음에 자주 폐사지를 찾았다. 폐사지에 피어나는 풀꽃과 눈을 맞추고, 하염없이 석탑을 바라보며 앉아 있기도 했다. 어느 날 바람과 들꽃이 내게 말했다. 기쁨도 슬픔도 다 흘러간다고, 화인처럼 남은 상처도 언젠가는 아물거라고. 그렇게 길을 떠났다 돌아오면 다시 살아갈 용기가 생겼다.

역사란 지난 시절의 영광과 이념으로 복귀하는 것이 아니다. 과거와 현재와의 만남 속에서 새로운 해석의 지평을 열어갈 때 생명을 획득하는 것이리라. 기둥을 세우고 기와를 올려 다시 이름을 얻는다 한들, 과거의 영광을 되돌릴 수 있을까.

그렇다. 폐사지는 비어있기에 아름답다. 부재가 실재보다 더 많은 이야기를 간직하고 있으니까. 시간의 두께를 관통한 유물에는 화려한 감탄사가 따라다닌다. 그러나 사라진 것들은 침묵으로 말할 뿐이다. 무릇 말이란 보태질수록 진실은 더 멀리 달아난다. 외려 말하지 않는 침묵 속에서 존재의 진실은 빛을 발한다.

역사는 겸손을 가르쳐 준다. 한때 신라의 왕족과 귀족이 비단 치맛자락을 끌며 드나들었을 황룡사 구층목탑은 불에 타 버리고 초석만 남았다. 그러나 이름 없는 백성들이 머리 숙여 절을 하던 남산탑골마애조상군南山塔谷磨崖彫像群 바위에 새겨진 구층탑은 아직도 건재하다. 인간사의 허망함이요 말의 덧없음이다.

폐사지는 말하지 않음으로써 진실을 말한다. 어느 왕조도 가문도 역사의 길을 피해가지는 못한다고.

〈2012. 8.〉